Obwohl er ein schwieriges Verhältnis zu seinem Vater hatte, bedeutete der Fund dessen Leiche im Keller des Hauses mit dem weißen Zaun und der weißen Uhr, die glanzvolle weiße Zeiger hatte, ein schockierendes Erlebnis für einen 15 jährigen Jungen, der aus der Ich-Perspektive namenlos agiert.

Er schildert aus seinem Gefühlszustand heraus seine Ohnmacht, die Dinge einzuordnen und zu verarbeiten. Insbesondere ein Gartenschlauch taucht als „listig" in alltäglichen Situationen auf. Gleichzeitig ist der „listige Schlauch" für den Jungen ein vorgeschobenes Mittel, das eigene Handeln und das der Menschen in seinem Umkreis zu begründen. Ein weiteres traumatisches Ereignis sorgt dafür, dass er sich nichts mehr wünscht, als ein Aschekind zu werden.

Sebastian Pillkowsky wurde 1987 in Kassel geboren und ist noch heute dort beheimatet.

„Der listige Schlauch, der den Jungen umschlang" ist sein Erstlingswerk.

Sebastian Pillkowsky

Der listige Schlauch, der den Jungen umschlang

„Die Psychologie lernt nie aus, gerade an der Kinderseele."
(Ludwig Adolf Wiese: 1806-1900)

Bibliografische Information der Deutschen Nationalbibliothek:
Die Deutsche Nationalbibliothek verzeichnet diese Publikation in der Deutschen Nationalbibliografie; detaillierte bibliografische Daten sind im Internet über http://dnb.dnb.de abrufbar.

© 2015 Sebastian Pillkowsky
derlistigeschlauch@gmx.de
Herstellung und Verlag:
BoD – Books on Demand, Norderstedt

ISBN: 978-3-7347-5393-0

Ich entschied mich heute für den anderen Weg, da ich nur noch weg wollte. Ich trat immer kräftiger in die Pedalen, sodass ich den schwül heißen Sommertag in meinem Körper spüren konnte. Sie würden ohnehin nicht nach mir suchen. Papa hatte mir ein Fahrrad geschenkt, da er diesen Tag nicht einfach überspringen konnte. Heute war mein Geburtstag.

Es war das einzige Geschenk, das ich mir wünschte. Tatsächlich erstaunte es mich, dass ich dieses vor meiner Zimmertür vorfand, als ich gegen halb neun Uhr die Tür öffnete. Normalerweise führten wir tagelange Diskussionen um das bestmögliche Geschenk. Dabei war es egal, ob Weihnachten, Ostern oder mein Geburtstag vom Kalender angekündigt wurden. Papa hatte immer eine sehr eigene Sichtweise auf das, was für mich das Beste war. Mama hielt sich aus diesen Diskussionen raus. Sie hatte meistens Papas Meinung und Papas Meinung sollte schlussendlich auch meine Meinung werden. Heute, an meinem 15. Geburtstag, sollten wir alle eine Meinung haben. Zumindest vorerst.

Auf der rechten Seite erblickte ich die Hauptstraße, die ich aber noch nie bevorzugte. Ich fühlte mich auf dem Feldweg sicherer. Auf einem Werbezettel hatte ich einmal gelesen, dass man die Natur in den Beinen spüren könne. Ich glaubte, dies nun erkannt zu haben. Mir liefen Schweißperlen die Stirn hinunter und meine Waden schmerzten. Ich wollte nicht schon wieder aufgeben. Keuchend trat ich

noch kräftiger in die Pedalen und übersah den kantigen Stein, der in den Feldweg ragte.
Als ich vorne über den Lenker flog und mein rechtes Knie auf dem Stein aufschlug, wurde mir augenblicklich kalt am Rücken. Ich landete im Staub und spürte den pochenden Schmerz. Der grausamste Teil daran war, dass die Vermutung Gewissheit wurde und ich mir eingestehen musste, dass ich auch heute wieder den Weg nicht packen werde. Somit sollte die grüne Wiese am oberen Ende, die mein Ziel darstellte, auch heute nicht von mir erreicht werden.

Ich wollte mein Knie nicht sehen, da ich schon wusste, dass es nicht in Ordnung war. Mein Bein zuckte, als ich mich bewegte und deshalb wanderte mein Blick automatisch Richtung Knie. Es war aufgesprungen und Blut tropfte. Ich ließ ein paar Tropfen auf den staubigen Untergrund fließen und sah, wie der Boden die Bluttropfen durstig aufsog. Er war sehr durstig. Ich griff nach dem Stock, der sich in Reichweite befand, und begann das Blut gleichmäßig im Staub zu verteilen, sodass eine Brühe entstand, die einzigartig aussah. Ich spuckte auf die Brühe und ließ sie so größer werden. Es war eine ekelhafte Wahrnehmung, weil der Staub ein eigenes Leben zu führen schien.
Bereits als Kleinkind spielte ich gerne im Sandkasten und bewässerte die Sandburgen, die ich erbaute. Leider musste ich den Stock zur Seite legen und mit dem Rühren aufhören, da ich das Unheil kommen sah. Mein Fahrrad wies einige

Kampfspuren auf. Der Lenker war verdreht und die Speichen verbogen. Trotzdem hoffte ich, dass es einsatzbereit sei. Ich sollte aufstehen und es aufrichten. Also versuchte ich mich zu erheben, doch ich konnte meinen rechten Fuß nicht mehr vollständig bewegen. Während meine Zehen noch reagierten, wollte sich mein Bein nicht mehr strecken. Natürlich war das Knie offen, aber das war kein Grund, den gesamten Dienst zu verweigern.
Ich rollte mich zunächst zur anderen Seite, um mich im Anschluss in Richtung Fahrrad zu robben. Dabei wühlte ich einigen Staub auf, der sich auch in meinem Knie niederließ. Als ich am Fahrrad angekommen war, stützte ich mich an diesem ab und richtete mich Krüppel wieder auf. Als ich wieder stand, konnte ich mir einen genaueren Überblick verschaffen und dachte, alles unter Kontrolle zu haben. Ich schwitzte, blutete und nun gab es auch noch einen Anlass zum Weinen. Ich weinte nicht wegen meines verkrüppelten Knies! Ich weinte auch nicht wegen der Schmerzen, die mir das gesamte Bein entlang fuhren. Ich weinte, weil mein Papa vor mir stand.

Er schrie nach mir. Es war der Tonfall, der mir sagte, dass ich keine Chance haben werde, mich rauszureden. Ich hatte enttäuscht. Ein paar Meter weiter vorne blickte er Richtung Fahrrad und schüttelte mit dem Kopf. Er fragte, was ich mit meinem Knie gemacht habe. Ich erzählte ihm, dass

ich während der Fahrt den Stein nicht kommen sah, und deshalb über den Lenker geflogen sei.
Er schmunzelte. Wenn mein Vater so schmunzelte, war das ein Anzeichen für Verachtung. Ich sagte, dass ich das mit dem Fahrrad schon wieder hinbekomme und dass ich es wieder gut machen werde. Er musterte mich und sagte, dass ich jetzt aber nicht wirklich von ihm verlange, dass er mich wieder nach unten trägt.
Ich schüttelte mit dem Kopf. Das Knie tat zwar höllisch weh und ich konnte mein Bein nicht richtig bewegen, dennoch durfte ich nicht zu hohe Ansprüche stellen. Er betonte, wie schön das neue Fahrrad bis vorhin gewesen war, und wie teuer alles heutzutage sei.
Ich wiederholte meine Worte und versicherte ihm, dass ich es wieder in Ordnung bringen werde. Er winkte ab und nahm das Fahrrad. Während er sich wegbewegte, schaute mein Fahrrad unter seinem Arm hervor. Es hatte wirklich Einiges einstecken müssen und Vieles offenbarte sich erst jetzt, bei der zweiten Begutachtung. Zugleich wusste ich bereits jetzt, dass ich einige Zeit benötigen werde, um es wieder in seinem alten Glanz erstrahlen zu lassen.

Ich glaubte, dass mein Knie ein größeres Problem hat. Wenigstens hatte es aufgehört, Blut nach außen zu kleckern. Ich riss ein paar Rapshalme ab und säuberte mein Knie damit. Tatsächlich war einiger Staub ins Innere gelangt. Die Staubschicht sorgte dafür, dass es nicht ständig weiter blutete. Ich hatte einmal gelesen, dass man bei offenen

Knieverletzungen die Wunde desinfizieren solle. Um ehrlich zu sein, wusste ich nicht, wie man das macht. Es stellte sich bald heraus, dass ich mich dabei gar nicht so blöd anstellte, denn ich hatte das Knie von außen gesäubert. Ich begann wieder zu spucken, doch diesmal sollte mein Knie die Spucke aufsaugen. Das Gefühl war erleichternd, denn es kühlte.

Ich erschrak, als Wind aufkam. Ich war so damit beschäftigt, mein Knie zu präparieren, damit es für eine Rückkehr taugte, dass ich die dunkle Wolke nicht kommen sah. Die Sonne verabschiedete sich für einen Zwischenstopp und erste Regentropfen prasselten auf meinen Kopf. Ich schloss die Augen und genoss die aufkommende Nässe. Das Feld war in Bewegung. Um mich herum wankten alle möglichen Gräser und schienen zu erwachen. Ich sah in der Ferne einen Bauern seine Tiere in den Stall jagen. Es windete arg und Regen peitschte mir mittlerweile ins Gesicht. Ich breitete meine Arme aus und lachte dabei. Obwohl ich bereits klatschnass war, konnte ich nicht genug von dem Regen bekommen. Ich legte mich auf den Boden, der mittlerweile schlammige Züge angenommen hatte, und suhlte mich wie ein Schwein in der braunen Suppe. Ich dachte, dass ich hier einfach liegen bleiben und das Leben erleben könne, so wie es derzeit für mich war: Stürmisch und schlammig.

Es sollte doch anders kommen. Ich sah aus den Augenwinkeln, wie ein Mann mit seinen Armen wild gestikulierte. Er telefonierte und schaute dabei in meine Richtung. Als sich unsere Blicke kreuzten, legte er auf. Ich verstand die Worte, die er mir zurief, nicht, da er zu weit entfernt war.

Der Bauer roch nach Kuhscheiße und hatte auch eine Brise Schweiß mit im Gepäck, als er sich neben mir niederließ. Mein Knie tat weiterhin weh, doch der passende Moment zum Weinen war noch nicht gekommen. Der Mann beugte sich zu mir herunter und hob mein Bein an. Durch den aufkommenden Schmerz wurde mir schlecht. Ich musste kurz schreien, doch ich hatte mich bald wieder unter Kontrolle. Von meinen Reaktionen schien der Mann verängstigt. Dabei hatte ich ihm überhaupt nichts getan.

Er ging zu seinem Traktor und holte etwas aus dem Führerhaus, das er um mein Knie wickelte. Ich wusste nicht, warum er das tat. Es war aber ein überraschend, wunderbares Gefühl.

Er sprach wieder auf mich ein. Ich bemerkte, dass er einen angenehmen Tonfall besaß. Dieser spielte aber keine weitere Rolle, weil seine nächste Aktion erschreckend war.

Ohne Vorankündigung hob er mich hoch und schleppte mich zu seinem Traktor. Ich wollte schreien, doch dafür fehlte mir der Mut. Ich streifte ein paar Rapshalme, bevor ich mich kurze Zeit später auf der Sitzbank seines Traktors wiederfand.

Der Mann hatte sich ans Steuer gesetzt und die Maschine gestartet. Mich überkam das Gefühl, dass sich alles bei mir dreht. Ich hob meinen linken Arm und griff nach der Rücklehne des Fahrersitzes. Der Mann drehte sich zu mir um und holte mit seiner linken Hand aus. Ich schloss die Augen und machte mich für den Einschlag bereit. Ich erinnerte mich an drei Angriffstypen, die ich verinnerlicht hatte. Dabei realisierte ich, dass ich den Mann nicht kannte. Seine Statur war kräftig, vermutlich hatte er einen harten Schlag. Er schien den Eindruck zu machen, dass er auch gern den Ellenbogen als Verstärkung nutzt. Das wäre der härteste Angriffstyp gewesen, den ich bisher von Papa kennenlernen durfte. Ich presste meine Augen zusammen, weil das folgende Erlebnis schlimmer als alles andere war, was ich bisher erlebt hatte.

Ich spürte seine Hand auf meiner Schulter, die der Bauer leicht hin und her bewegte. Während er lächelte, sprach er Worte aus, bei denen ich mir nicht sicher war, ob ich sie gut oder schlecht finden soll. Er wollte mich tatsächlich nach Hause bringen.

Ich entschied mich dafür, eine Antwort zu verweigern. Als er den Traktor startete, hörte ich im Hintergrund einen Radiosprecher. Er berichtete von kräftigen Gewittern in der Region und von erhöhter Unwettergefahr innerhalb der nächsten 24 Stunden. Der Mann wiederholte, dass er mich nun nach Hause bringen werde und fragte nach meiner Adresse. Ich wohnte doch sowieso gleich da unten, doch das wollte ich ihm nicht verständlich machen. Er zeigte auf mein Knie, das sich immer noch schlimm anfühlte und wohl auch unappetitlich anzusehen war. Schließlich drehte sich der Mann wieder um und fuhr los.

Es war eine holprige Fahrt nach unten und es schüttelte mich teilweise erheblich durch. Wir bogen links ab und fuhren an meinem Haus mit dem weißen Zaun vorbei. Ich sah, dass Licht brannte, obwohl vermutlich wieder niemand zu Hause war. Mama und Papa ließen immer beim Verlassen des Hauses das Licht an. So sollten Einbrecher verschreckt oder davon abgehalten werden, Unsinn zu begehen.
Ich rief „Stopp", der Mann fuhr rechts ran. Er parkte den Traktor unmittelbar vor meinem Haus, sodass ich einen Blick durch unser Küchenfenster werfen konnte. Ich sah die weiße Uhr mit den weißen Zeigern. Fast alles bei uns war weiß. Meine Mutter schätzte diese Einöde, mir erschien dies immer zu einfallslos.
Deswegen beschloss ich während der letzten Ferien mein Zimmer orange zu streichen. Die weiße Tapete eignete sich hervorragend als Hintergrund für mein Vorhaben. Tatsächlich wollte ich aber auch meine Mutter überraschen und ihr zeigen, dass ich mich um mein Zimmer pflichtbewusst kümmere. Außerdem wollte ich sie damit über andere Farben informieren. Innerhalb eines Morgens hatte ich das Zimmer gestrichen und am Ende ein ziemlich krasses Resultat abgeliefert. Als meine Mutter nach Hause kam, sagte ich, dass ich ihr unbedingt etwas zeigen müsse. Ich überfiel sie damit an der Haustür und übersah, dass sie im Stress war. Ich ergänzte daher schnell, dass es etwas Tolles sei.

Als sie mein Zimmer betrat und die Wände erblickte, zog sie ihren linken Schuh aus und warf damit nach mir. Als der erste Schuh sein Ziel verfehlte, zog sie auch den zweiten Schuh aus. Dieser traf mich am Hinterkopf. Ich hatte sie offensichtlich enttäuscht, dabei wollte ich genau das verhindern. Ich schrie, dass es mir leid tue und dass ich es wieder in Ordnung bringen werde. Sie rief anschließend meinen Vater an.
Als dieser am Abend nach Hause kam, fragte er mich, warum ich eigentlich immer so ein verdammtes Scheißkind sein müsse, das man nicht alleine lassen könne. Er passte sich den örtlichen Gegebenheiten an, als er den leeren Farbeimer erblickte. Mama und Papa schienen sich abgesprochen zu haben. Papa nahm den Eimer und schmiss damit nach mir. Ich war damals froh, dass er nicht komplett ausrastete, und bedankte mich dafür, dass ich gleich am nächsten Tag von meinem Taschengeld neue Tapete kaufen durfte, um die Sache wieder in Ordnung zu bringen. Er zeigte mir noch den Mittelfinger, hatte anschließend noch ein paar Gefühlsregungen mitzuteilen und beließ es dabei.

Der Mann fragte, ob das mein Zuhause sei. Ich nickte ihm entgegen, obwohl eine böse Stimme in mir verlangte, zu lügen. Während ich durch das Küchenfenster lugte, überkam mich das Gefühl, dass ich besser aussteige, um weiteren Ärger zu vermeiden. Der Mann wollte wissen, ob ich auftreten könne. Ich antwortete, dass ich es nun alleine schaffe. Er konnte es aber nicht dabei belassen, sondern begleitete mich, bis wir schlussendlich vor der Haustür standen und er den Klingelknopf betätigte. Als nach ein paar Sekunden niemand öffnete, schaute der Mann zu mir herab und lächelte. Er wollte mich beruhigen. Was er nicht wissen konnte, war, dass ich manchmal Stunden vor dieser Tür verbrachte, bis sie mir geöffnet wurde. Mama war mit ihren täglichen TV-Shows zu beschäftigt, als dass sie einen weiteren Schlüssel anfertigen lassen konnte. Aus diesem Grund passte ich mein Kommen und Gehen mit der Programmzeitschrift ab.

Mein Fahrer versuchte ein zweites Mal sein Glück und betätigte erneut den Klingelknopf. Diesmal erkannte ich eine gewisse Ratlosigkeit in dem Gesicht des Mannes und es war ihm auch nicht mehr zum Lächeln zumute. Er ballte seine Faust und klopfte damit gegen die Tür. Der Mann und ich hörten Schritte, die sich näherten. Meine Mutter öffnete die Tür und sah uns verblüfft an. Sie fragte, was passiert sei. Der Mann erklärte ihr, dass er mich vom Feldweg aufgesammelt habe und fragte meine Mutter, ob ich ihr Sohn sei. Sie nickte und fragte mich, warum meine Klamotten so verdreckt seien. Sie schien verärgert und konnte nicht verstehen, dass ich Papa vorhin nicht folgte. Da mir keine Antwort einfiel, schaute ich, wie ich es meistens in solchen Situationen tat, auf den Boden und ließ meine Mutter die nächsten Schritte entscheiden. Ich hörte ein „Danke" aus dem Mund meiner Mutter, während sie mich ins Haus schob.

Dabei drehte ich mich noch einmal um und sah den Mann, der mir freundlich zuwinkte. Er teilte meiner Mutter zum Abschied mit, dass mein Knie ausgewaschen werden sollte, da ich mich dort verletzt habe. Mama nickte und schloss die Tür.

Ich sollte mich auf die Couch legen und warten. Es war totenstill im Haus, selbst der Fernseher war ausgeschaltet. Meine Mutter kam mit Verbandszeug zurück. Sie sagte, dass ich mich erst einmal duschen soll und dann werde sie mir einen Verband umlegen. Also stellte ich mich in die Dusche und ließ das Wasser kommen. Mit Hilfe von Duschgel waren bald alle Kampfspuren von meinem Körper beseitigt. Das einzige Problem war immer noch mein Knie. Mittlerweile war es dick geworden. Während ich das Knie ausspülte, vernahm ich laute Stimmen im Flur. Dann klopfte es an der Badtür. Mein Vater hatte Gesprächsbedarf.
Er forderte mich auf, mich zu beeilen. Ich erkannte eine gehörige Aggressivität in seiner Stimme. Es war unbestritten, dass er es ernst meinte. Ich zog die von meiner Mutter frisch beigelegten Sachen an, und öffnete die Tür. Am Ende des Flurs standen meine Eltern und zeigten Richtung Wohnzimmer und betraten dieses als Erste. Mein Körper schien sich zur Ruhe gesetzt zu haben, als sich mein Hungergefühl zu Wort meldete. Dafür hatte nun aber niemand Zeit.
Während sich Mama an meinem Knie zu schaffen machte, musterte mich mein Vater die gesamte Zeit. Ich wusste nicht, was in seinem Kopf

umherging. Ich fragte meine Mutter, ob ich mir etwas zu essen machen dürfe. Sie antwortete, dass sie mir Essen aufwärmen werde. Dafür verließ sie das Wohnzimmer, sodass ich mit meinem Papa alleine war. Wenn mir langweilig wurde, zählte ich die Tickgeräusche der Uhr. Ich stellte immer wieder fest, dass der Sekundenzeiger genau 60-mal pro Minute ertönt. Ich war von seiner Präzision sehr beeindruckt. Als ich nun auf der Couch lag, konzentrierte ich mich wieder auf das präzise Ticken der weißen Wetterstation mit den weißen Zeigern. So versuchte ich mich auf das vorzubereiten, was mir bevorstand.

Mein Vater saß mir gegenüber und faltete mehrmals seine Hände. Er fuhr sich mit den Fingern durch die Haare, um schließlich zu sagen, dass er es nicht mehr länger mit mir aushalte. Er betonte, dass ich alles hätte. Er stoppte für wenige Sekunden, bevor er ergänzte, dass sie mir alles in meinen Arsch geschoben haben und ich immer noch ein undankbares Kind sei.

Er öffnete seine Hände und gestikulierte. Mein Vater gestikulierte immer gerne. Wenn er seinen Rhythmus gefunden hatte, redete er wie ein Wasserfall und schmückte es mit gekonnt eingesetzten Handbewegungen, um noch mehr Eindruck zu hinterlassen. Ich nickte ihm zu und versprach, dass das nicht noch einmal vorkomme. Papa brachte nun das Fahrrad ins Spiel und erwähnte, dass er es höchstpersönlich abgeholt habe, damit ich heute, an meinem Geburtstag, Spaß haben könne.

Stattdessen hätte ich alles ruiniert. Meine Mutter brachte einen Teller mit Brokkoli-Käseauflauf, stellte den Teller vor mir auf den Tisch und reichte mir eine Gabel. Mein Vater nahm mir die Gabel aus der Hand und sagte, dass ich ihm gefälligst erst zuzuhören habe, bevor ich etwas esse.

Meine Mutter setzte sich neben meinen Vater, sagte aber kein Wort. Sie hatte eine Tiefe in ihrem Blick und fokussierte damit die Wand. Mein Vater fragte mich, was das mit meinem Knie solle und wollte außerdem wissen, warum ich immer wieder Ärger bereite. Er meinte, dass es für ihn den Anschein habe, dass ich es darauf anlege, rauszufliegen.

Demonstrativ stand er auf, öffnete die Haustür und blieb im Türrahmen stehen. Er kündigte an, dass es nicht mehr lange dauern werde und diese Tür bliebe für mich geschlossen. Ich schluckte und bemerkte, dass meine Augen feucht wurden. Dabei wollte ich eigentlich keine Schwäche zeigen. Meine Mutter legte beschwichtigend ihre Hand auf die Schulter meines Vaters, der sich auf die Couch sinken ließ. Ich wollte unbedingt die Situation retten. Daher richtete ich mich auf und humpelte Richtung Haustür, um diese zu schließen. Auf dem Weg zurück blieb ich ebenfalls im Türrahmen stehen und versprach, dass ich meine Eltern nicht mehr enttäuschen werde. Dabei bat ich um Verzeihung. Während mein Vater mit dem Kopf schüttelte, starrte meine Mutter zu Boden. Er erhob sich und trat einen Esszimmerstuhl durch das Zimmer, bevor er in seinem Arbeitszimmer verschwand.

Der Auflauf schmeckte nicht schlecht, obwohl er etwas salzarm war und die Brokkolistückchen durch das erneute Aufwärmen matschig geworden waren. Zusammenfassend war das Essen meiner Meinung nach durchaus gelungen für einen Geburtstag.

In der Schule sollten wir einmal präsentieren, warum wir denken, dass Geburtstage gefeiert werden. Ich hasste solche Schulthemen, weil ich damit nichts anzufangen wusste und mir fiel dann auch nicht viel dazu ein. So schrieb ich auf einen Zettel, dass Geburtstage gefeiert werden, weil daran erinnert werden muss, dass man auf die Welt gekommen ist. Das schien mir die logischste von allen möglichen Antworten zu sein und ich dachte, dass das meiner Lehrerin gefallen wird. Ich meldete mich und präsentierte meine Antwort. Daraufhin begannen die Klasse und meine Lehrerin zu lachen. Meine Lehrerin schüttelte mit dem Kopf und sagte, dass das aber eine sehr eigene Sichtweise sei, und nahm Sophie Brandt dran. Diese Fotze machte nie einen Hehl aus ihrer Blümchenwelt und zählte gleich drei Dinge auf, warum ihre Geburtstage ganz besonders seien.
Nach der Stunde nahm mich meine Klassenlehrerin zur Seite und fragte, warum ich nicht „vernünftig" im Unterricht mitarbeiten wolle. Ich zuckte mit den Schultern und verließ den Raum. Damals rief sie sogar meine Eltern an, um mitzuteilen, dass ich den Unterricht durch solche Aussagen störe. Letztendlich führte das dazu, dass ich mich

entschuldigte und mir fortan immer von meiner Klassenlehrerin bescheinigen lassen musste, wie ich mich verhalten habe. Schon damals war meine Mutter sauer auf mich. Sie betonte, wie sehr sich alle Lehrer um mich bemühen und ich das mit Füßen trete.

Ich bedankte mich für das Geburtstagsessen und fügte hinzu, dass es mir sehr geschmeckt habe. Ich fragte nach Papa und meinem Fahrrad. Meine Mutter schüttelte mit dem Kopf und sagte, dass ich ihn besser mal alleine lassen soll. Sie fügte hinzu, dass es besser sei, wenn ich jetzt in mein Zimmer ginge und die Tür schließe. Damit wäre allen geholfen. Ich nickte, entschuldigte mich noch einmal und ging in mein Zimmer, das sich am Ende des Flurs befand.
Auf dem Weg befand sich das Badezimmer mit Dusche und WC, welches vor zwei Jahren im Zuge unseres Anbaus verwirklicht worden war. Nun hatte ich auch ein größeres Zimmer mit Ausblick auf unser Dorf und war nahezu abgeschieden von meinen Eltern, die sich meistens am anderen Flurende aufhielten. Was ich meinen Eltern verheimlichte, war mein Geheimversteck. Dort versteckte ich meine Computerspiele, die mir Johannes, ein stinkender Freak aus der Schule, brannte. Er war auch derjenige, der meine Konsole so einstellte, dass ich darauf meine gebrannten Spiele spielen konnte. So konnte ich auch Heftigeres zocken, ohne dass ich um Erlaubnis fragen musste. Johannes zeigte mir auch einen

Trick, wie man die Konsole schnell ausschalten konnte. Ich musste nur vier Knöpfe gleichzeitig drücken und schon war die Konsole wieder im „Stand-by". Dumm war es nur, wenn ich nicht gespeichert hatte, denn dann war der gesamte Spielfortschritt futsch.

Da sich mein Knie deutlich besser anfühlte, wollte ich noch eine Runde zocken, doch ich bemerkte, dass sich die Konsole nicht mehr in meinem Zimmer befand, und auch mein Fernseher nicht mehr an der Wand hing.

Ich hatte das Gefühl, dass ich doch härter bestraft werden sollte, als vorerst angenommen. Auf dem Tisch vor mir lagen Bücher, die ich von meiner Oma zum Geburtstag geschickt bekommen hatte. Ich nahm ein Buch in die Hand und schlug es auf. Ich bemerkte die Frische der bedruckten Buchseiten.

Sobald ich ein Buch benutzte, vergewisserte ich mich, wie viele Seiten vor mir lagen, bevor ich mich dem Buch annäherte. Dieses Buch hatte den Titel „Eine Klassenfahrt ins Ungewisse". Ich schlug die letzte Seite auf und wurde auf diese Weise informiert, dass der Schinken 225 Seiten lang war. Ich roch an den Buchseiten und begann das erste Kapitel zu lesen. Während ich las, merkte ich, wie der Wind erneut Regentropfen an die Fensterscheibe peitschte und der Wetterwechsel die Luft deutlich abkühlte. Ich dachte aber auch an mein Horrorspiel, das ich jetzt gerne gespielt hätte und das bei diesem Wetter richtig genial abgegangen wäre. Das Buch war mir zu langweilig.

Ich stand auf, blickte aus dem Fenster und konnte die Haltestelle einsehen. Dort standen einige Mädchen und Jungen, alle etwa drei Jahre älter als ich. Sie waren vielleicht 18 oder 19. Unter der Minibushaltestelle drängten sie sich aneinander, da das arg kleine Glasdach keinen Schutz vor dem Regen erlaubte und gerade dabei war, ihren Style zu ruinieren. Vermutlich waren sie auf dem Weg in die Disco, um es dort richtig krachen zu lassen. Vielleicht waren sie auch schon angetrunken oder mussten sich Mut antrinken, um überhaupt zu gehen. Ich sah, wie eines der Mädchen sich eine Kippe ansteckte und sie rumreichte. Dann kreischte sie, weil ein erneuter Windhauch ihr Kleid nach oben fliegen ließ und alle Jungen das zu sehen bekamen, was sie eigentlich verbergen wollte. Ich konnte mir ein leichtes Grinsen nicht verkneifen. Kurze Zeit später kam der Bus und hinterließ eine Gischt, die man durch die Rücklichter gut erkennen konnte. Im Nachbarhaus gegenüber waren die Lichter bereits aus.

Ich nahm das erste Buch wieder vom Stapel und schlug das zweite Kapitel auf. Hier fand ich überraschenderweise eine Zeichnung vor. Es war ein Junge vor einem Lagerfeuer abgebildet. Mit ihm saßen noch vier weitere Kinder um das Feuer herum. Sie lachten und einer spielte Gitarre. Ich schmunzelte und holte einen Rotstift aus meinem Stiftetui. Das Bild wurde offenbar vergessen zu Ende gezeichnet zu werden. Ich setzte den Rotstift an und malte in das Gebüsch einen vermummten Mann. Dieser trug eine schwarze Maske. Er hielt in der linken Hand eine Granate und in der rechten Hand führte er ein Gewehr. Die rechte Seite des Buches war noch ungezeichnet. Deshalb nutzte ich die Gelegenheit, einen Szenenwechsel herbeizuführen. Im Vordergrund stand der vermummte Mann und hielt sein Gewehr wie eine Trophäe in die Höhe, während um ihn herum tote Kinder lagen. Das Feuer, das vorher noch brannte, war nun erloschen. Die Gitarre, die vorher noch von einem der Jungen gespielt worden war, befand sich nun in dessen Kopf. Eine der Gitarrensaiten hatte das Auge durchdrungen und es wie ein knackiges Fleischbällchen aufgespießt. Um das Werk zu vollenden, schrieb ich in roter Farbe „Ende" darunter. Ich freute mich über meine zeichnerischen Fähigkeiten, klatschte in die Hände und ließ das Buch zuknallen. Danach klopfte ich auf den Buchdeckel und warf es in den Mülleimer.

Das nächste Buch trug den Titel „Tobias, der mit dem Kopf durch die Wand wollte." Ich rümpfte die Nase, da ich so einen dummen Titel noch nie gelesen hatte. Natürlich hatte ich auch dafür eine Lösung parat und setzte den Rotstift an. So strich ich den eigentlichen Titel durch und schrieb darüber: „Tobias, der mit dem Kopf in der Wand hing".

Mir war es zu mühselig, dieses Buch überhaupt anzufangen. Aus diesem Grund schaute ich auf den Buchrücken und las die Buchbeschreibung. Offensichtlich sollte es hier um einen Jungen namens Tobias gehen, der immer etwas macht, ohne vorher darüber nachgedacht zu haben. Ich nahm das Buch und brachte es dorthin, wo es hingehörte. Zusammen mit den Lagerfeuerkindern konnte es in Frieden im Mülleimer ruhen.

Ein einziges Buch lag noch auf dem Tisch. Der Titel erstrahlte in weißer Farbe und passte sich somit meiner lächerlichen Tapete an. „Der Junge, der aus dem Fenster stieg." Ich lachte, weil ich mir bildlich vorstellte, wie der Junge aus dem dritten Stock abrutscht und sein Gehirn wie ein Kürbis aufklatscht. Das wäre eine schöne Sauerei gewesen. Das Buch hatte 380 Seiten. Fernseher weg, Konsole weg, Buch da. Alles klar!
Ich schlug die erste Seite auf und begann zu lesen. Nachdem ich auf Seite 12 angekommen war, wurde es mir zu langweilig. Immerhin lieferte mir das Buch keine Angriffsfläche. So verschonte ich es mit meinen eigenen Gestaltungen.
Der nächste Bus fuhr vorbei, da kein Mensch auf ihn wartete. Scheinbar wurden die Bürgersteige bereits nach oben geklappt. Es schien niemanden mehr zu geben, der um diese Uhrzeit das Dorf verlassen wollte, um das Glück in der nächsten Stadt zu suchen. Selbst mein Handy konnte ich nicht nutzen, da der Akku auf dem Feld flöten gegangen war. Jetzt müsste ich mir auch noch einen neuen Akku zulegen. Ich öffnete meine Tür, von der aus ich direkten Zugang zur Terrasse hatte. Etwas Frischluft tat dem Zimmer gut. Mittlerweile war es ziemlich dunkel geworden und die Regenwolken hatten einen gehörigen Anteil daran. Meine Blicke wanderten in Richtung Garten. Man

konnte kaum noch den Weg einsehen, da alles von Dunkelheit umhüllt wurde. Hätte mein Knie nicht so geschmerzt, wäre ich gerne in diesem dunklen Schwarz versunken. Es hatte etwas Mysteriöses und doch Friedfertiges an sich. Wenn die Äste raschelten, entstand eine Gänsehautatmosphäre, die nicht in Worte gefasst werden konnte. Ich schloss die Tür und wurde von hinten an den Schultern gepackt.
Ich fuhr herum und blickte in das Gesicht meines Vaters. Etwas klemmte unter seinem Arm. Da ich das Licht ausgeschaltet ließ, konnte ich den Gegenstand nicht richtig einsehen. Er legte es auf den Boden und schaltete das Licht an. Der helle Lichtpegel war Gift für meine Augen und ich blinzelte stark. Vor mir lag ein Haufen Schrott. Mein Vater sagte, dass ich das ja toll hinbekommen habe und wenn ich noch einmal irgendetwas in Ordnung bringen wolle, wäre das Mal ein Anfang. Ich folgte seinem Zeigefinger und schaute geradewegs zu dem Häufchen Elend, das vor mir lag. Es war ein Trauerspiel. Es war kein Fahrrad mehr, es war ein gebrochenes Stück Metall mit Plastikpedalen. Dazwischen befanden sich Plastiksplitter und eine Klingel. Ich hatte Mitleid, das hatte das Fahrrad nicht verdient. Im Fernsehen hatte ich schon einige Menschen gesehen, die als Krüppel von Kämpfen zurückkamen oder laut raumheulten. Das Häufchen Elend vor mir schwieg. Ich stellte mir vor, was gerade in dem Fahrrad vorgehen müsse. Dass es einfach so zusammengefaltet und verbogen dahin geschmissen

wurde, konnte nicht richtig sein. Ich kniete mich zu dem Fahrrad hinunter und streichelte mit der Hand über den einstmals glänzenden Rahmen. Dann erzählte ich dem Fahrrad, dass ich es wieder in Ordnung bringen werde. Mein Vater lachte mich aus und schüttelte fassungslos mit dem Kopf. Er sagte, ich sei ja zu einem Freak geworden und würde nicht mehr ganz „normal" ticken. Dabei lachte er laut und klatschte in die Hände. Außerdem fragte er, was ich als Nächstes machen werde. Etwa mit dem Fahrrad kuscheln? Er rief nach Mama und sagte, dass sie ganz schnell ihren Arsch her bewegen müsse, um sehen zu können, dass sein Sohn mit Fahrrädern spreche.

Doch meine Mutter hörte nicht. Sie saß in der Küche und schaute vermutlich die weiße Tapete mit der dazugehörigen weißen Küchenuhr und den weißen Zeigern an, weil ihre Sendungen ausgelaufen waren. Sie hörte wohl, dass die Zeiger genau 60 Mal auf eine Minute ticken. Vermutlich schloss sie dabei die Augen und pustete den Zigarettenqualm durch das geöffnete Küchenfenster. Was sie aus dem Zimmer am anderen Ende des langen Flurs, wo ich lebte, nicht mitbekam, war, dass ich meinen Vater angrinste und ebenfalls begann, in die Hände zu klatschen.

Ich klatschte so laut es nur irgendwie ging. Dabei stampfte ich mit den Füßen auf den Boden, sodass meinem Vater das Grinsen verging. Sie bekam auch nicht mit, wie der Vater seinen Sohn anschrie, dass er aufhören soll. Der Sohn wollte aber nicht aufhören, weil er den perfekten Rhythmus

gefunden hatte. Sie zog wohl noch einmal an der Zigarette, die bald wieder abgeascht werden musste, als ich von Papa an den Armen gepackt und auf das Bett geschleudert wurde. Sie hörte nicht, wie ich trotzdem weiter klatschte, bis mein Vater von mir abließ. Sie konnte es nicht mit ansehen, dass ich mich wieder zu meinem Fahrrad setzte, während Papa mich als Freak und Loser beschimpfte und mein Knie wieder pochte. Die Zigarette war wohl schon fast aufgeraucht, als ich mich an Tobias erinnerte, der niemals nachdenken wollte.
Plötzlich sah ich eine Chance, dem Buch doch noch etwas abzugewinnen. Mein Vater schrie, dass ich das Haus verlassen soll, da er mit Freaks wie mir nichts zu schaffen haben möchte. Er zweifelte an der Richtigkeit, dass ich sein Sohn sei. Ich klatschte in die Hände, doch diesmal tat ich es leiser. Aus Papas Rachen sprudelten keine Worte mehr.
Meine Mutter drückte wohl gerade ihre Zigarette aus und schnippte sie in Richtung Garageneinfahrt, als mein Vater aus meinem Kleiderschrank den Koffer holte. Er riss meine Kleidung von den Kleiderbügeln und kramte meine Hosen und Shirts aus den Regalen. Er machte sich keine Mühe, die Kleidung sorgfältig zu verstauen, die meine Mutter fein säuberlich sortiert hatte. Sie wäre wohl ganz schön sauer gewesen, wenn sie meine Kleidung so vorgefunden hätte. Während er den Koffer füllte, erkannte ich eine rötliche Färbung an seinen Wangen, sein Puls schien zu rasen. Ich streichelte

über mein Fahrrad. Als er das mitbekam, schrie er wieder und warf einen Gürtel nach mir. Ich klatschte in die Hände. Er schmiss den Koffer hin und hatte ein anderes Vorhaben, während Mama wohl schon wieder vor dem Fernseher saß und ihr abendliches Magerjoghurt mit Himbeergeschmack aß. So bekam sie nicht mit, wie der Vater zu seinem Sohn ging und das Fahrrad wegnehmen wollte und der Sohn sich aufgefordert fühlte, noch lauter in die Hände zu klatschen.

Sie konnte so nicht nachvollziehen, wie ich mich auf das Fahrrad legte, um Papa davon abzuhalten, es wegzunehmen, da er es wohl nie wieder zurückgeben wollte.

In dieser Minute der Finsternis konnte sie deshalb nicht erkennen, dass ich mich von Tobias inspirieren ließ, der mit dem Kopf durch die Wand musste und es sollte so sein, dass sie nicht erleben musste, dass ich den abgebrochenen Lenker in die Hand nahm und dem Papa damit auf den Kopf schlug, damit er mein Fahrrad in Ruhe ließ.

Sie musste nur mit anhören, wie mein Vater zu Boden fiel, weil sein gehöriges Gewicht eine Druckwelle erzeugen konnte. Sie wusste nicht, dass ich ihm ein weiteres Mal auf den Kopf schlug, so wie es Tobias wohl auch getan hätte, und der Lenker dabei stecken blieb. Noch bevor meine Mutter das Zimmer erreichen konnte, hörte ich Geräusche und erwachte aus meinem Albtraum, den ich geträumt hatte.

Ich erschrak und spürte mein Herz rasen, sodass ich keine Maschine sein konnte. Sonne durchflutete den Raum und es war wieder schwül. Die Uhrzeit spielte nun keine Rolle, da der Tag definitiv schon weiter fortgeschritten war, als ich es mir erlauben sollte. Ich sprang vom Bett und vergaß, dass mein Knieproblem kein Traum gewesen war. Ich spürte ein heftiges Ziehen am Knie, wo sich schwarzer Schorf über Nacht gebildet hatte. Es sah hässlich aus. Ich bildete mir sogar ein, dass es verfault stank. Ich machte mich durch Klatschen erkenntlich und musste dabei augenblicklich an meinen Traum denken, der in einem Fauxpas endete. Die Geräusche stammten aus der Küche. Die Küchentür war angelehnt, als ich mich ihr näherte. Ich vernahm eine Geruchsmischung unterschiedlicher Werkzeuge. Im Inneren präsentierte sich mir ein verrücktes Bild. Meine Mutter bereitete bereits das Mittagessen vor, während mein Vater vor der Spülmaschine kniete und sich an den Schläuchen zu schaffen machte. Als beide mich vernommen hatten, fragte mich meine Mutter, warum ich klatschend durch die Wohnung laufe, und mich nicht wie jeder normale Mensch bewegen könne. Ich sagte, dass ich gute Laune habe. Mein Vater fuhr hoch und meinte, dass ich mich ja dann gleich an die Arbeit machen könne.

Ich schmierte mir zwei Scheiben Weißbrot und klatschte Erdnussbutter auf die linke Hälfte, während die rechte Hälfte mit Marmelade vorlieb nehmen musste. Schlussendlich presste ich beide Seiten zusammen, sodass sie ein Monstersandwich ergaben. Genüsslich biss ich rein und erfreute mich an dem Zuckergehalt, der sich sofort in meinem Körper breit machte. Ich fragte meinen Vater, was er mit der Spülmaschine vor habe. Er sagte, dass ich das sowieso nicht kapiere. Vermutlich hatte er recht. Keiner von beiden hatte mir etwas mitzuteilen. Daher sagte ich, dass mein Knie schwarz geworden war und nicht mehr so weh tue. Meine Mutter nickte mir zu, während ich von meinem Vater keine Reaktion erhielt. Ich verabschiedete mich, indem ich mitteilte, dass ich mich nun um mein Fahrrad kümmern werde. Mein Vater wünschte mir viel Spaß und sagte, dass es niemals ein neues Rad geben werde.

Ich kannte meinen Vater zu gut. Er hatte es natürlich vor der Tür abgelegt, da es aus seiner Sicht ein hoffnungsloser Fall von Müll war. Als ich mich schräg aus dem Küchenfenster lehnte, konnte ich es sehen. Es lag still auf dem Vorrasen und sah noch genauso verkrüppelt aus, wie ich es in Erinnerung hatte. Ein paar Regentropfen blitzten in der morgendlichen Sonne auf, und ließen es schöner erscheinen, als es tatsächlich war.
Der Rasen war vom nächtlichen Regen durchnässt, doch zusammen mit der neuen Wärme empfand ich das als angenehm. Ich zog meine Hausschuhe

aus und entschied mich, barfuß zu laufen. Vor meinem Fahrrad hielt ich inne. In mir kam ein Gefühl auf, das mir sagte, dass ich große Probleme bekommen werde. Mein Fahrrad war tatsächlich nur noch ein Schrotthaufen. Es war leider genau so, wie es mir mein Traum vorhersagte. Vielleicht sollte ich wirklich den Lenker abreißen und in der Küche Amok laufen. Bei diesem Gedanken musste ich lachen und zugleich wurde mir übel.
Ich hob das Schrottgerüst an und schaute in Nachbars Garage. Diese war wie immer top aufgeräumt und stand offen. Der Nachbar sagte einmal, dass Einbrecher sowieso nichts bei ihm erbeuten könnten. Tatsächlich hatte er etliche edle Werkzeuge in seiner Garage gebunkert, die mir nun gerade recht kamen. Ich hätte sie mir einfach nehmen können, doch ich wollte nicht schon wieder negativ auffallen.
So klingelte ich an der braunen Tür, die erst vor drei Wochen gestrichen wurde. Als der Frischanstrich erfolgte, stand ich draußen und gaffte die ganze Zeit hinüber. Der Nachbar hatte eine feinfühlige Hand. Die Handbewegungen wurden sehr gleichmäßig ausgeführt und er verlor nie das Taktgefühl. Ich fuhr mit dem linken Zeigefinger vorsichtig über die braune Farbschicht und bewunderte die Gründlichkeit. Als mir die Tür geöffnet wurde, war der Nachbar erstaunt, lächelte mich aber anstandshalber an. Wer konnte denn auch einem 15-jährigen Jungen ein freundliches Entgegenlächeln verweigern?

Ich erzählte ihm von meinem Fahrrad. Dann ergänzte ich, dass ich dieses wieder in Ordnung bringen müsse, da es gerade ein Schrotthaufen sei. Ich bat ihn höflich, mir ein paar Werkzeuge zu leihen. Ich sagte ihm auch, dass ich es wieder gut machen werde und er sich darauf verlassen könne. Zu meiner Verblüffung schaute er mich entsetzt an, dabei hätte mir eine einfache Zustimmung oder Ablehnung gereicht. Er machte es nur noch schlimmer, indem er mir sagte, dass er mir helfen werde und ich das Fahrrad holen soll.

Ich verstand nicht, warum er das tat und was er davon hatte. Ich fragte, ob er sich da sicher sei und was er von mir als Gegenleistung verlange.

Er hob seine Augenbraue und schüttelte mit dem Kopf. Er meinte, dass er nichts dafür wolle. Ich wusste nicht, ob ich ihm trauen sollte. Was würde er mit dem Fahrrad machen? Vielleicht wollte er es für sich selbst und dann hätte ich überhaupt nichts mehr. Ich wollte es trotzdem herausfinden und stimmte schließlich zu.

Ich holte mein Fahrrad und kehrte zu dem wartenden Nachbarn zurück. Dieser packte sich an die Stirn, als er mich von Weitem sah. Er bekam große Augen und fragte, was ich mit dem Fahrrad angestellt habe. Ich wollte ihm nicht alles erzählen, was geschehen war. Außerdem ging es ihn nichts an.

Er fragte nach meinem Vater und ob dieser nicht mit mir zu einer Werkstatt fahren könne, da er nicht wisse, wie er das reparieren soll. Es sei fast alles kaputt. Außerdem erwähnte er, dass er mir

keine großen Hoffnungen mache, weil er glaube, dass das Fahrrad total im Arsch sei. Nun teilte er mit, dass er mich zur Werkstatt bringen könne. Dafür bräuchte er aber ein Einverständnis meiner Eltern.
Ich brachte ein „Nein, danke" heraus und riss ihm das Rad aus der Hand. Ich rannte aus der Garage und stieß mein verkrüppeltes Knie am verkrüppelten Reifen meines Fahrrads. Zu dumm, dass der Schorf dadurch wieder einen Riss bekommen hatte.
Nun stellte ich mir die Frage, wie es weiter gehen soll. In mir liefen mehrere Gedankengänge ab, die vor allem mit den Reaktionen von Papa zusammenhingen. Wie würde er reagieren? Ich ließ mich in unserem Vorgarten nieder und musste feststellen, dass der Rasen wieder etwas zu hoch geworden war. Er sollte unbedingt in den nächsten Tagen von mir gemäht werden, damit er nicht so hässlich aussehen wird wie mein verkrüppeltes, schwarzes Knie.
Vermutlich hatte mein Vater gerade die Arbeit eingestellt und sich vergnügt auf die Eckbank in der linken Küchenhälfte gesetzt. Wahrscheinlich wartete er auf den Schweinebraten, den meine Mutter bereits seit einer Stunde immer wieder präparierte, damit er nicht so trocken schmeckt wie der letzte, den wir vor zwei Wochen aßen.
Da sie wohl auch bald nach mir gerufen hätte, um mir das Essen nicht vorzuenthalten, blieb ich im Garten und bewunderte den gelben Feuerball am Himmel, der bereits zu so früher Stunde brannte.

Die meisten Menschen hätten eher Schutz in ihren Häusern gesucht, anstelle sich in der Wärme braten zu lassen. Um keinen weiteren Kummer zu verursachen, erhob ich mich rechtzeitig und verschwand wieder im Haus, um den Schweinebraten von Anfang an zu erleben. Mein Fahrrad musste leider draußen bleiben und verpasste so das folgende Spektakel.
Als wir am Küchentisch saßen, kam Familienatmosphäre auf. Mein Vater beklagte sich über das zu trockene Fleisch und sagte meiner Mutter, dass es immer schlimmer mit ihr werde und dass er ohne etwas Anständiges zu essen nicht arbeiten könne. Meine Mutter reichte Salz und Pfeffer und versuchte es wieder gut zu machen. Papa war dies mittlerweile egal geworden. Er öffnete demonstrativ die Küchenschublade und holte eine Speisekarte des örtlichen Pizzadienstes hervor. Nachdem er diese studiert hatte, fragte er, ob noch jemand Lust auf etwas Anständiges habe. Ich schüttelte mit dem Kopf, während meine Mutter fragte, ob das wirklich nötig sei. Mein Vater antwortete, dass es nötig geworden sei, weil sie nicht in der Lage gewesen wäre, richtig zu kochen. Dann passierte etwas Merkwürdiges. Als mein Vater die Nummer des Lieferanten ins Telefon eintippte, nahm meine Mutter ihren Teller und warf diesen mitsamt Klößchen und Schweinebratenecke meinem Vater an den Rücken. Bevor ich realisieren konnte, welche Unverschämtheit meine Mutter sich hier erlaubte, hatte sie ihre gerechte Strafe erhalten. Mein Vater hob das Stück Schweinebraten auf und

rieb es ihr ins Gesicht. Dabei sagte er, dass sie an ihrem Gammelfleisch ersticken soll. Er verließ wenige Momente später das Haus und verabschiedete sich, indem er posaunte, dass er jetzt vernünftiges Mittagessen suchen wird. Meine Mutter und ich konnten das Schauspiel von unseren Logenplätzen verfolgen. Papa war schon immer ein Raser. Daher wunderte es mich nicht, dass er den Motor startete und mit quietschenden Reifen die Einfahrt verließ. Dabei streckte er den Mittelfinger aus dem Autofenster, und vermutlich hätte er auch seinen nackten Arsch gezeigt, wenn er das hätte machen können.

Meine Mutter sagte, dass er es nicht so gemeint habe und dass sie es wieder in Ordnung bringen wird, sobald er wieder da sei.
Sie meinte, er brauche einfach ein paar Minuten für sich. Ich sagte, dass ich gerne noch Schweinebraten und Klöße essen möchte. Sie waren tatsächlich nicht besonders gut. Da ich aber am gestrigen Abend wenig aß, wollte ich ein paar Kalorien nachholen. Meine Mutter zündete sich eine Zigarette an und schien sich beruhigen zu müssen. Sie behauptete, dass Zigaretten eine beruhigende Wirkung hätten. Trotzdem ließ sie mich nie daran ziehen. Die Gründe dafür blieben mir verborgen. Meine Mutter war eine schlechte Lügnerin. Sobald sie sagte, dass sie es wieder in Ordnung bringen werde, wusste sie, dass sie es nicht kann. Ich sah anhand ihrer Züge am Zigarettenfilter, dass sie angespannt war. Sie setzte ihren leeren Blick auf,

sodass andere nicht auf die Idee kommen sollten, dass sie Probleme hatte. Als ich den letzten Kloß gegessen hatte, nahm sie mir den Teller weg und meinte, dass ich jetzt in mein Zimmer gehen soll. Sie ergänzte, dass sie mit Papa etwas zu bereden habe, wenn dieser zurückkomme. Ich sagte, dass ich etwas Wichtiges zu meinem Fahrrad mitzuteilen habe. Meine Mutter schaute mich an und fragte, ob ich es wieder in Ordnung gebracht habe. Ich sagte, dass ich es probierte, doch eine Reparatur nicht möglich sei. Ich erzählte ihr sogar von unserem Nachbarn. Ich schilderte, dass er mit mir ins Fahrradgeschäft fahren wollte. Ich war gerade an dem Punkt angelangt, wo ich erklärte, dass ich dieses Vorhaben ablehnte, als meine Mutter sich gezwungen sah, mir eine starke Backpfeife zu verpassen.

Ich stand mit offenem Mund vor meiner Mutter und konnte nichts dazu sagen. Ich hatte schon einige Backpfeifen einstecken müssen, doch noch nie von ihr. Sie sagte, dass ich es allein in Ordnung bringen sollte. Stattdessen hätte ich noch fremde Leute mit hineingezogen.

Sie zündete sich den Rest der Zigarette an, der zu Boden gefallen war, als sie mit dem Arm ausholte, um mir ihre Meinung mitzuteilen. Sie verglich mich mit ihrem eigenen Vater, der auch immer nichts alleine auf die Reihe bekam und den sie „Versager" nannte. Ich sagte, dass ich besser in mein Zimmer gehe. Als ich mich in der Mitte des Flurs befand, wischte ich mir die Tränen aus dem Gesicht, die mich überfallartig heimsuchten. Es gab keinen Grund, traurig zu sein.

Ich wusste, dass Mamas Zigarettenkonsum oft außer Kontrolle zu sein schien, doch nun übertrieb sie arg. Nachdem die erste Kippe erloschen war, griff sie geradewegs zur nächsten Zigarette und rauchte weiter. Mama reichte dies nicht aus. Sie nahm den Kochtopf, in dem sich noch mittelmäßiger Schweinebraten befand, und schmiss ihn gegen die Küchenzeile. Sie rief, dass alles scheiße sei und trat mit den Füßen gegen den Tisch, der offenbar als Sündenbock von ihr auserkoren worden war. Dabei schien sie eine Antwort zu erhalten, die wir als eine Art Echo aus einem anderen Raum dieses Hauses vernahmen. Mama hielt kurz inne, bevor sie dem Geräusch keine weitere Beachtung schenken wollte und stattdessen noch wütender wurde, als sie vernahm, dass ich nicht Ruhe geben wollte und wieder in der Küche auftauchte.

Zu diesem Zeitpunkt war ich ein kleiner, unartiger Junge gewesen. Ich sagte, dass ich meinen Fernseher und meine Konsole wieder haben wolle. Ich versprach ihr, dass ich sie dann auch nicht mehr belästige. Ihre Antwort fiel wortlos aus. Sie zeigte mit dem Finger auf den Boden. Ich wusste sofort, was sie damit meinte. In den wenigen Büchern, die ich gelesen hatte, hatten viele Kinder Angst davor, doch für mich war es ein stiller Ort mit dunklen, unvorhergesehenen Möglichkeiten. Ich schmunzelte meine Mutter an, doch sie konnte meine Reaktion nicht verstehen. Ich freute mich auf den Weg in den Keller. Die Wendetreppe hinunter, dann noch die weiße, dicke Sicherheitstür öffnen und hinein ins dunkle Vergnügen. Zu diesem Zeitpunkt hatte ich noch keine Ahnung haben können, dass ich da unten nicht alleine sein werde.

Als ich mich dem Keller näherte, atmete ich den leicht modrigen Holzgeruch der Rumpelkammer ein, wo mein Vater allerhand Gartenwerkzeuge bunkerte. Sie waren sorgfältig in einer Reihe aufgegliedert und sofort einsatzbereit. Der Rasenmäher stand in vorderster Reihe und schien das stärkste Glied dieser Kette zu sein. Ein wahrer, kräftiger Anführer. Es wäre fatal gewesen, ihn jetzt gleich hier unten zu starten. Meine Mutter wäre außer Kontrolle geraten. Ich beließ es dabei und stellte mir bildlich vor, wie ich mit ihm über die Fliesen jage und dabei allerhand Staub aufwirbele. Das Zimmer daneben war relativ unspektakulär, da es die Waschküche darstellte. Interessanter war der dritte Raum auf der linken Seite, denn dort wurden alte Spielsachen von mir aufbewahrt, die meine Mutter nicht wegwerfen wollte. Die Kisten standen übereinander gestapelt auf einem alten Küchentisch, der wohl noch aus der Jugendzeit meiner Eltern stammte. Witzigerweise befand sich gegenüber das neu installierte Klo, dessen Funktionsweise ich aber nie getestet hatte. Der letzte Raum sollte schließlich mein Ziel sein. Er war der größte Raum im Keller. Hier arbeitete mein

Vater manchmal bis spät abends. Manchmal bekam ich ihn überhaupt nicht zu Gesicht. Meine Mutter brachte ihm dann einige Leckereien nach unten. Ich hatte das Gefühl, eine fremde Luft einzuatmen, als ich mich dem Raum näherte. Der Keller war immer ein friedfertiger Ort für mich gewesen, der eine magische, dunkle Eigenart besaß. Die Luft, die ich nun einatmete, wirkte auf mich wie ein Eindringling, der sich hier versuchte niederzulassen.
Ich öffnete die leicht angelehnte Tür und sah, dass ich mich getäuscht hatte. Im Werkzeugraum hatte ich etwas übersehen. Der Gartenschlauch, der normalerweise an einem Haken an der Bretterwand hing, war nicht anzutreffen. Ich fand ihn hier. Die Jalousien waren noch runtergelassen, als der grüne Gartenschlauch meinen Vater wie eine Schlange umhüllte und dieser mit ihm an der Decke baumelte. Seine Augen waren dabei weit geöffnet.
Ich war verblüfft, wie stark dieser grüne, hinterlistige Schlauch gewesen war. Er war immerhin in der Lage, einige Kilos meines Vaters zu bändigen, ohne dabei selbst zu zerreißen. Mir war klar, dass er nicht loslassen wird und ich wusste, dass ich mit bloßen Händen keine Chance gegen ihn haben werde. Der Schlauch hatte sich mittlerweile so fest um sein Ziel gezogen, dass ich die Kraft spüren konnte. Ich fragte mich, ob mein Vater ihn kommen sah, als der Schlauch ihn überwältigte. Ich kniete mich vor ihm nieder und erkannte kein Zappeln, keine Regungen mehr. Ich dachte, dass der Schlauch nun seine Gier besänftigt

hatte, und holte Vaters Säge aus dem Geräteraum. Ich begab mich auf seine Anhöhe und setzte zum erlösenden Schnitt an. Der Schlauch hatte mich wohl nicht kommen sehen, als ich ihn aufschlitzte. Mein Vater hingegen fiel wie ein nasser Sack zu Boden und ließ es dabei ordentlich krachen. Da lag er nun auf dem Teppich. Ich hatte Mitleid mit ihm, denn anhand seiner Halswunden wurde mir klar, dass er wegen des grünen, kranken Schlauchs, leiden musste. Ich beugte mich über ihn und flüsterte ihm ins Ohr, dass ich den Schlauch erledigt habe. Als ich keine Antwort bekam, wiederholte ich meine Worte.

Das Gesicht meines Vaters erinnerte mich an einen schimmligen Käse, den ich voriges Jahr aus dem Kühlschrank holte. Dabei fiel mir wieder ein, dass ich den Käse damals gleich entsorgte. Den leblosen Körper meines Vaters zu entsorgen, stellte dagegen eine größere Herausforderung dar. Da sein Körper steif und schwer geworden war, konnte ich unmöglich diese Aufgabe alleine bewältigen. Auch wenn ich nicht wollte, der Rest des Schlauchs sollte die Sache in Ordnung bringen, den sein anderer Teil verursacht hatte.

Ich umschloss das andere Ende des Schlauchs und drückte kräftig zu, weil ich fürchtete, dass er sich wehren wird. Da ich keine Gegenwehr spürte, knotete ich den Schlauch erneut um den Hals meines Vaters, und wusste, dass meine Mutter noch irgendwo mein Kettcar aufbewahrt hatte.

Es war in einem Sack eingehüllt und hatte trotzdem von seinem alten Glanz nichts verloren. Als ich noch jünger war, wollte ich die Anhängerkupplung ausprobieren, doch mein Vater wollte nicht, dass ich mit dem Anhänger auf dem Grundstück rumfahre. Er sagte, wenn er mich damit sieht, würde er das „Teil" zurück bringen. Also versuchte ich es damals erst gar nicht. Ich schmunzelte bei dieser Erinnerung an jüngere Zeiten und lachte zu diesem unerhörten Anlass. Ich hielt mir die Hand vor den Mund, damit ich mich nicht vor mir selbst schämte. Als Papa mir immer noch nicht antwortete, flüsterte ich ihm in das andere Ohr, dass ich ihn wegschaffen werde. Dazu rollte ich das Kettcar aus der Tür und fragte mich, ob es denn dafür bereit sei. Dann knotete ich das andere Ende des Schlauchs an die Anhängerkupplung des Kettcars. Als ich beschloss, dass es fest genug sein musste, um eine Probefahrt zu unternehmen, drehte ich mich zu meinem Vater um und entschuldigte mich, dass ich das alte Versprechen nicht länger einhalten könne. Es musste bereits der späte Nachmittag angebrochen sein, da ich regen Verkehr von der Straße hörte. Dieser störte mich nicht.

Ich wusste, dass es eine eklige Vorstellung war, doch ich fühlte mich auf meinem Kettcar stolz. Endlich konnte ich die Anhängerkupplung ausprobieren. Mit den Jahren schien ich sie vergessen zu haben. Ich öffnete die hintere Tür, die in den Garten führte, kehrte zu meinem Kettcar zurück und setzte mich hinter das Lenkrad. Ich schloss die Augen und erinnerte mich, wie ich mit dem Nachbarsjungen auf der Straße mit dem

Kettcar hoch und runterfuhr. Einmal fuhren wir um die Wette. Er war immer schneller als ich. Doch einmal wollte ich auch gewinnen und fuhr seitlich in sein Kettcar. Er fiel bei voller Fahrt von seinem Gefährt und riss sich das Knie auf. In mir kam der Gedanke auf, dass Gott wollte, dass ich vom Fahrrad fiel.

Ich trat in die Pedalen und spürte einen sehr kräftigen Widerstand. Ich war gedanklich auf meinem Weg nach draußen und mein Kettcar war der Lastzug. Normalerweise wollte ich es damals langsam angehen lassen und mir meine Ladung behutsam aufbauen. Jetzt, ein paar Jahre später, stellte sich diese Frage nicht mehr. Ich hoffte, dass mein Kettcar durchhalten wird. Es wurde nie geprüft und stand gleich vor seiner Meisterprüfung, denn heute sollte es ein Schwerlasttransport werden.

Der erneute Tritt in die Pedalen bewirkte nichts. Stattdessen begann mein Oberschenkel zu pochen. Ich konnte ein Scheitern nicht akzeptieren. So trat ich erneut und immer wieder in die Pedalen, nur um festzustellen, dass es vorerst keinen Ausweg für mich gab. Ich war einfach zu schwach. Sich einzugestehen, dass man zu schwach ist, um es wieder gut zu machen, war für mich keine Lösung. Ich entschied mich kurz zu verschnaufen und mein Glück erneut zu versuchen. So trat ich wieder in die Pedalen und musste schon wieder mit ansehen, dass ich nichts bewirken konnte. Obwohl ich es unterdrücken wollte, musste ich weinen. Es war kein normales Weinen, wie man es aus Filmen

kennt. Es war keine Romanze im Spiel und ich war weit entfernt davon, zu verstehen, warum der Schlauch meinem Vater das angetan hatte. Ich würde darauf wohl nie eine Antwort erhalten. Deshalb flennte ich auf meine Art.
Ich stieg von meinem Kettcar und blickte in das blasse Gesicht unter mir. Dieser Körper gehörte meinem Vater nicht mehr. Papa hatte immer ein leicht rötliches Gesicht und redete immer zu. Der Körper vor mir ruhte in sich selbst und konnte mir nicht mehr sagen, dass ich es wieder gut machen muss. Er war ein Eindringling und nicht erwünscht. Ich band den listigen Schlauch wieder ab und warf ihn gegen die Wand. Im Anschluss schob ich mein Kettcar wieder in die Abstellkammer zurück, da es noch nicht für eine Dienstfahrt bereit war. Danach schloss ich die Tür und wollte Ruhe herrschen lassen.
Ich ging wieder die Treppe hinauf und betätigte den Lichtschalter. Eine für mich unheimliche, dunkle Stille schien aufgekommen zu sein. Es kam mir vor, als ob von unten etwas Böses mit nach oben steigt, um mich zu bestrafen. Ich konnte es nicht mehr gut machen.

Sie lehnte an der Küchenzeile und zog an einer Zigarette, als sie mich kommen sah. Sie schaute mich dabei kommentarlos an. Ihr Mustern kannte ich und daher wunderte es mich nicht, dass sie ihre Gedanken für sich behielt und mich im Unklaren ließ. Ich versuchte zu verbergen, dass ich über spezielle Neuigkeiten verfügte. Nachdem sie erneut am Filter sog und dabei ihre Lippen eng zusammendrückte, runzelte sie die Stirn. Offenbar war ich ein schlechter Schauspieler. Mama wollte wissen, warum ich so lange im Keller gewesen bin. Ich schüttelte mit dem Kopf und ließ sie stehen. Sie wurde zornig und schlug mit der Faust auf den Tisch und wiederholte die Frage. Ich konnte nicht stehen bleiben. Mama wusste, dass ich nicht hören werde und folgte mir. Sie packte mich am Kragen und fragte, warum ich nicht antworte. Ich riss mich los und rannte in mein Zimmer. Ich hörte ihre Schritte, sie würde keine Antwort nicht akzeptieren. Ich schmiss mich auf mein Sofa und behielt die Zimmertür im Auge, damit ich im Fall der Fälle richtig reagieren könne. Wenn sie einmal vergaß, dass sie meine Mutter war, dann konnte man sie mit dem hinterlistigen Schlauch vergleichen, der meinen Vater überraschte. Die Tür sprang auf und Mama trat ein. Ihre Zigarette hatte sie nicht aus. Normalerweise kam sie ohne Kippe, nun war sie in deren Begleitung. Ihr Gesicht wirkte sehr angespannt. Sie zog erneut an der Zigarette und pustete in meine Richtung. Untypisch für sie war, dass sie ein Fenster öffnete und die Zigarette aus dem Fenster katapultierte. Sie setzte sich neben mich und faltete die Hände wie zu einem Gebet zusammen, bevor sie ihre Augen schloss. Als sie diese kurze Zeit später wieder öffnete, war Mama nicht mehr Mama. Sie hatte sich zu einer verängstigten Frau entwickelt. Etwas Komisches konnte ich in ihrer Mimik erkennen. Sie schaute mich an und fragte, ob „er" unten läge.

Um Mamas Frage zu beantworten, schaute ich ihr direkt in die Augen. Ich legte ihr die Hand auf die Schulter und sagte, dass alles wieder okay sei. Ich erhob mich von der Couch und fügte hinzu, dass Papa keine Chance gegen den Schlauch gehabt habe.

Mama weinte und stand auf. Sie sagte zu mir, dass ich hier warten und auch die Tür nicht mehr öffnen soll. Ihr Make-up verlief vom ständigen Weinen, sodass sie ihre Ärmel mehrmals einsetzen musste, um schön zu wirken. Ich hörte, wie sie die Wohnungstür öffnete und wieder schloss. Ich machte mir Sorgen um sie, hoffentlich gab es keine listigen Schläuche mehr. Da ich Mama gehorchen wollte, schaltete ich meine Stereoanlage ein. Bevor sie mein Zimmer verließ, teilte sie mir mit, dass sie mir Bescheid geben wird, wenn ich dieses wieder verlassen könne.
Ich ließ mich von Mama inspirieren und schloss die Augen. „Summer Jam" hieß der Song, der aus den Boxen das Zimmer mit Musik erfüllte. Meine Englischlehrerin verriet mir die Übersetzung für den Song. Ich fand den Song launisch und irgendwie geil. Bevor der listige Schlauch sich um den Hals meines Vaters schlängelte, hatte ich einmal zu dem Song getanzt. Ich fühlte mich sicher und dachte, dass mir niemand zusah. Ich hatte Kopfhörer auf und tanzte wie wild. Es war kein Sommertag wie heute, sondern Frühling und der Song sollte mich an das erinnern, was ich am liebsten hatte. Sommer und bunte Farben.

Dummerweise hatte ich die Rechnung ohne den Wirt gemacht. Meine Mutter beobachtete mich und nahm mir den Kopfhörer weg. Sie sagte, dass niemand in der Familie tanzen könne und ich solle es auch nicht probieren. Sie fügte hinzu, dass ich mich erst einmal um die Schule kümmern solle, denn dort hätte ich ja sowieso die größten Probleme. Ich nickte, bekam einen roten Kopf, weil ich sie mein lächerliches Tanzen mit ansehen ließ und sagte, dass ich sie nicht mehr enttäuschen und das Tanzen lassen werde.

An all das erinnerte ich mich gerade jetzt, als der nächste „Summer Jam" über Radio gestartet wurde und ich ein Gefühl von Geschmeidigkeit in den Beinen verspürte. Ich wollte aufstehen und tanzen. Damit hätte ich aber meine Mutter enttäuscht, die gerade Papa besuchte.

Es vergingen zwanzig Minuten, in denen ich mich nicht vom Fleck bewegte. So leid es mir tat, aber es wurde mir langsam langweilig und ich wollte etwas machen. Ich hatte keine Spielkonsole und keinen Fernseher. Der Platz im Regal war leer, ich hatte nichts weiter als ein paar Bücher, die befremdlich auf mich wirkten und die ich teilweise zerstört hatte.

Ich bemerkte, wie lächerlich all das gerade war und überlegte, ob ich nicht etwas trauern und inne halten sollte. Ich streckte mich auf der Couch aus und dachte über meinen Vater nach. Er hörte nie Musik im Haus, sondern drehte die Musik immer laut im Auto auf. Einmal hatte ihm eine Oma einen

Vogel gezeigt, als er mit mir in ein Parkhaus fuhr. Die Musik dröhnte sehr laut aus dem Radio.

Mein Vater ließ das Fenster runter und fragte, was sie für ein Problem habe. Die Oma sagte, dass er ja ein hervorragendes Vorbild für den Sohn sei. Mein Vater erwiderte, dass sie ihre alte Schnauze halten soll. Daraufhin drehte er sich in meine Richtung und klopfte mir auf die Schulter. Das war der Moment, wo ich von Papa erfahren durfte, dass die Alten heutzutage nicht mehr wüssten, wann es Zeit sei, den Mund zu halten. Außerdem fügte er hinzu, dass das der Grund sei, warum wir Oma und Opa so wenig besuchten. Auch sie wussten nicht, dass sie keine Rolle mehr spielten.

Ich ging zu meiner Anlage und drehte diese für Papa fast bis zum Anschlag auf. Aus Respekt davor, dass er es auch nicht mit ansehen konnte, wenn ich tanzte, beließ ich es dabei und setzte mich wieder. Ich dachte, dass ich das noch für ihn tun könnte.

Leider wusste ich aber auch, dass meine Mutter laute Musik hasste. Mama hätte den Stecker gezogen, wenn ich es weiter übertrieben hätte. In ihrem Zustand wäre das sehr unfair von mir gewesen. Ich regulierte die Lautstärke wieder runter und wollte einen kleinen Blick riskieren. Ich hasste mich dafür, immer so neugierig zu sein und selbst jetzt konnte ich es nicht lassen und wollte wissen, was meine Mutter tat.

Ich umfasste den Türgriff und drückte ihn Stück für Stück, Zentimeter für Zentimeter nach unten, um auf keinen Fall ein lautes Geräusch zu verursachen. Als der Türknauf unten angekommen war, lächelte ich und dachte, dass das wohl der Preis für meine Neugierde sei. Natürlich wurde die Tür von außen abgeschlossen.

Ich drückte mein rechtes Ohr an die Tür und lauschte. Die Tür war nicht sonderlich dick und ich konnte Bewegungen im Flur ausmachen. Plötzlich vernahm ich auch auf der Straße eine aufkommende Geräuschkulisse. Deswegen stolzierte ich geradewegs zum Fenster und erblickte meinen Nachbarn, der in seiner Einfahrt stand. Er arbeitete nicht mehr, sondern schaute auf unser Grundstück. Sein Blick wanderte zu unserem Hauseingang. In seinen Augen konnte ich Mitleid erkennen und wohl auch eine gewisse Portion Scham, denn er drehte sich um und ging in seine Garage, als er mich sah. Aber ich kannte ihn besser. Da waren wir uns ziemlich gleich. Er war ein genauso neugieriger Mistkerl wie ich. Ich duckte mich, um ihn zu täuschen.

Kurze Zeit später kam er wieder aus seinem Versteck hervor und schaute zuerst in meine Richtung, und als er sich in Sicherheit wägte, holte er seine Leiter aus der Garage. Er stellte sich auf diese und wollte mehr. Ich trat wieder in den Vordergrund, sodass er mich erblicken konnte. Er schaute mich an und winkte mir zu. Ich konnte nicht anders und musste zurückwinken. Er machte eine Geste, die mir sagte, dass ich mal das Fenster öffnen solle. Diesen Gefallen tat ich ihm.

Er fragte mich, nachdem er mich gegrüßt hatte, was die Polizei bei uns wolle. Er lächelte und fragte, ob ich etwa illegal Musik aus dem Internet heruntergeladen hätte. Ich schüttelte mit dem Kopf. Er war wirklich neugierig und ich wusste, dass er nicht locker lassen wollte. Seine Augen waren zielgerichtet und auf mich fokussiert. Er war bereit für die Wahrheit, denn er fragte, wie ein Kleinkind erneut, was los sei.

Ich schaute ihm in die Augen und sagte, dass der Gartenschlauch meinen Vater im Keller aufgehängt habe. Seine Augen wurden groß und sein Mund war geöffnet, doch es konnten keine Worte aus der Öffnung sprudeln. Der Nachbar mit der metallicfarbenen Leiter war sprachlos geworden. So kannte ich ihn. Er und seine Leiter. Ich sah ihn unzählige Male diese benutzen. Nun musste ich mit ansehen, wie er „Oh Gott, nein" rief und von der Leiter sprang, sodass diese umfiel. Er verschwand in seiner Garage und ließ die Leiter in seiner Einfahrt einfach zurück. Ich hatte mich getäuscht, er war nicht bereit für die Wahrheit.

Die Bewegungen im Flur wurden lauter und dringlicher. Ich konnte meine Mutter reden hören. Ich hörte meinen Namen, doch ich wollte nicht in Kontakt mit der Polizei geraten. Eine fremde Männerstimme sagte, dass sie die Tür sofort aufmachen soll. Dann fragte die Stimme, warum ich hier eingesperrt werde. Meine Mutter antwortete mit zittriger Stimme, dass sie mich nicht einsperren, sondern nur verhindern wolle, dass ich wieder wegrenne.

Sie mussten nun direkt vor der Tür stehen, denn die Stimmen waren deutlich und klar. Eine weitere Stimme fragte sofort, wie oft ich in der letzten Zeit weggelaufen sei. Meine Mutter sagte, dass das drei Mal gewesen wäre. Eine Lüge, eine freche Lüge.

Die Fragestunde wurde einfach nicht beendet und ich wusste, dass meine Mutter eine schlechte Erzählerin war. Offensichtlich ging ihr Arsch gerade auf Grundeis.

Ich hörte, wie der Schlüssel ins Schloss geführt wurde und beendete meinen Lauschangriff. Ich stürmte auf die Couch zu, sprang über sie und setzte mich aufrecht hin. Als sich die Tür öffnete und ich den ersten Polizisten sah, klatschte ich in die Hände.

Der Beamte sah seinen Kollegen fragend an. Er fragte meine Mutter, was mit mir los sei. Meine Mutter wurde rot im Gesicht, da sie sich offensichtlich für mich schämte. Sie rief, dass ich aufhören soll. Ich wollte aber noch etwas Klatschen und konnte den Rhythmus nicht unterbrechen. In mir kam der „Summer Jam" auf, und so stellte ich mich hin und begann zu wackeln und klatschte zudem weiterhin in die Hände. Der Beamte sagte erneut zu meiner Mutter, dass sie dafür sorgen müsse, dass ich aufhöre. Sie kam auf mich zu und wollte mich festhalten, doch ich war schneller und sprang über die Couch. Dabei klatschte ich ziemlich provozierend in ihre Richtung und ließ meine Hose runter. Ich klatschte mir auf den

nackten Hintern und wollte, dass sie mich grooven ließ. Stattdessen holte meine Mutter aus und drückte ihren Ellenbogen in mein Gesicht. Das hatte gesessen. Ich hatte den Rhythmus verloren und der Groove war ebenso dahin. Einer der Beamten forderte meine Mutter auf, das Zimmer zu verlassen. Ich hörte meine Mutter schluchzen, als sie halb gehend, halb tragend, aus dem Zimmer entfernt wurde. Ich zog als erste Maßnahme meine Hose wieder hoch, da ich wohl etwas zu weit gegangen war.
Der Beamte fragte mich, ob er sich setzen dürfe. Ich sagte ihm, dass es mir leid täte, dass mein Zimmer so unaufgeräumt aussehe. Er schüttelte mit dem Kopf und sagte, dass ihm das nichts ausmache. Er setzte sich neben mich, zu nahe. Ich wich zurück und setzte mich an das andere Ende der Couch. Ich entschuldigte mich und sagte, dass ich nicht oft Besuch empfange, und schon gar nicht von Menschen in Uniformen. Ich erzählte ihm, dass ich nur drei Lieder online runtergeladen habe und dass alle meine Spiele legal gekauft worden sind. Ich erhob mich und holte aus der linken Schreibtischschublade ein Computerspiel hervor, zu dem ich auch eine passende Quittung besaß. Ich reichte ihm sowohl die Quittung, als auch das zugehörige Spiel. Die gebrannten Games waren sicher versteckt. Er schüttelte erneut mit dem Kopf und sagte, dass es okay sei. Ich schaute ihn ungläubig an und als ich in seinen Augen Wehmut vernahm, wurde mir klar, warum er sich auf meine Couch gesetzt hatte. Ich nickte und schaute dabei

in seine Augen. Dann versicherte ich ihm, dass ich bereits wüsste, dass Mama noch nicht bereit für die Wahrheit sei.

Er fragte mich, was ich damit meine. Ich sagte ihm, dass der Schlauch sich ihren Mann geholt hat. Er fragte, ob ich das meiner Mutter erzählt habe. Ich sagte, dass wir noch nicht richtig darüber gesprochen haben. Er kratzte sich am Kinn und sagte, dass er mich das nun fragen müsse und dass er eine ehrliche Antwort von mir erwarte, weil das sehr, sehr wichtig sei. Er fragte, ob mein Papa schon auf dem Boden gelegen habe, als ich ihn entdeckte. Ich grinste ihn an und rief „Natürlich nicht". Ich erzählte ihm von meiner versuchten Rettungsaktion, und von meinem Kettcar, das seine Feuertaufe nicht bestanden hatte, oder noch nicht bereit für einen Großeinsatz gewesen war. Am Ende meiner Schilderungen sah ich Entsetzten in den Augen des Polizisten. Trotzdem fragte ich ihn, ob ich auch einmal eine Frage stellen dürfe, weil er mich jetzt nahezu mit Fragen durchbohrt hatte. Er räusperte sich, schluckte einmal und sagte, dass ich das gerne machen dürfe. Ich rückte etwas näher an ihn heran, weil ich nicht wollte, dass meine Mutter das Gespräch mitbekam. Ich hatte öfter die Vision, dass sie hinter der Tür stünde und lauscht. Er fragte, welche Frage ich denn auf dem Herzen habe. Ich schmunzelte und sagte, dass er bitte nicht sauer werden soll. Er versicherte mir, dass ich jede Frage der Welt stellen dürfe und dass jede Frage uns allen helfen könne.

Ich klatschte nur einmal in die Hände und lächelte den Polizeibeamten an. Dann stellte ich ihm die Frage, ob er vielleicht das Kettcar steuern könne.
Anstelle zu antworten, hielt er inne und rief seinen Kollegen herbei. Dieser erschien wenige Sekunden später. Er verweigerte mir immer noch eine Antwort. Er sagte zu seinem Kollegen, dass das hier ein Fall für Andere sei. Scheinbar wusste der Kollege Bescheid, was damit gemeint war. Ich forderte den Beamten auf, mir eine Antwort auf meine Frage zu geben. Auch sagte ich ihm, dass er mir auf jede Frage der Welt eine Antwort versicherte. Er setzte sich neben mich und schaute mir dabei in die Augen. „ Entschuldigung, das kann ich nicht machen", erklang es aus seinem Mund. Ich nickte und teilte ihm mit, dass er ein Schlappschwanz sei. Er enttäuschte mich, da er auch hierauf keine Reaktion zeigte. Dafür durfte ich zu meiner Mutter gehen, die sich mittlerweile wieder in der Küche aufhielt. Weil ich zögerte, wollte der Polizist wissen, ob ich oft von Mama geschlagen werde. Ich hielt mich an die Wahrheit und schüttelte mit dem Kopf. Schlussendlich streichelte er mir über den Rücken und erwähnte, dass ich mit der Zeit lernen werde, damit umzugehen. Ich nickte, damit er mich in Ruhe ließ. Als ich mich Richtung Küche bewegte, schaute ich durch die Haustür und erblickte viele fremde Gesichter.

Als ich nach draußen gehen wollte, hielt mich der Polizist fest und sagte, dass ich jetzt nicht nach draußen gehen könne. Ich fragte ihn nach dem Grund. Er sagte, dass es sehr viele Menschen gäbe, die zu neugierig seien. Er wollte mich beruhigen, indem er erklärte, dass weitere Kollegen sich darum kümmern werden, dass diese wieder verschwinden. Ich fragte ihn, warum „die" sich so für uns interessieren. Er meinte, dass er das selbst nicht wisse. Das teilte er mir in einem Tonfall mit, der mir sofort verriet, dass er mich belog. Ich nannte ihn daraufhin einen Lügner. Überrascht von meiner Offenheit sagte er, dass es manchmal besser sei, die Wahrheit nicht zu erfahren.

Ich beließ es dabei und ging in die Küche. Ich atmete kalten Rauch ein, der mir ein Stückchen Heimat wiedergab. Die Lage schien außer Kontrolle zu geraten. Es waren zu viele Leute hier, und alle wollten ein Stück von der Wahrheit.
Als ich aus dem Fenster schaute, bekam ich Herzrasen und in mir entstand eine fürchterliche Leere. Die laute Musik meines Vaters und die alte Oma im Parkhaus drehten sich in meinem Kopf, während ich das Gleichgewicht verlor und zu Boden fiel.
In meiner Ohnmacht verließ ich das Haus und schwebte wie eine Wolke über dem Ort. Ich konnte von hier oben das Haus bestens beobachten. Ich erkannte, wie die meisten Leute ihre Handys parat hatten, um die Fotos ihres Lebens zu schießen.

Eigentlich sollten sie heute zu ihren Familien zurückkehren und erzählen, dass der Sohn mit dem Kettcar den Vater nicht abtransportieren konnte, und die Polizei sich weigerte auf das Kettcar zu steigen, um den Vater wegzuschaffen. Da sie das nicht sehen konnten, sollten die Fotos eine falsche Geschichte erzählen.
Das Ende der Reise war nahe. Schade, dass die Realität mich wieder einatmete.

So eine große Aufmerksamkeit wurde mir noch nie entgegengebracht. Während ich in meinem Trance um mich blickte, starrten mich viele Augen an. Ich wollte ihren Kontakt meiden, dachte nicht an Böses, doch war es mir unangenehm, dass sie sich meinetwegen Sorgen machten. Ich richtete mich auf und spürte mein Knie zucken. Erneut hatte es mir den Dienst verweigert.
Der Polizist von vorhin kam nun näher und setzte sich auf einen der drei Küchenstühle. Seine Miene war ernst. Er fragte ohne weiteres Gelaber, ob ich in nun in der Lage sei, ihm ein paar Fragen vernünftig zu beantworten. Ich wunderte mich über seine Stimmlage. Sie klang fordernd und äußerst unhöflich.
Ich nickte, obwohl ich nicht verstand, was er noch wollte. Als er mir zu sagen begann, dass ich nun die Wahrheit erzählen soll und die Märchenstunde beendet sei, wurde mir allmählich klar, dass er auf dem Holzweg unterwegs war.
Zunächst wiederholte er, dass ich ihm sagte, dass ich meinen Vater losgebunden habe. Da ich dies

erneut bestätigen konnte, fuhr er fort. Er sagte, dass ich im Anschluss meinen Vater mit dem Kettcar aus dem Haus schaffen wollte. Ich korrigierte ihn an dieser Stelle, weil mir das Wort „herausschaffen" nicht gefiel. Ich sagte ihm, dass ich das Wort „abtransportieren" besser fände. Er machte eine abwegige Handbewegung und fuhr fort. Er fügte hinzu, dass ich gesagt habe, dass ich das Kettcar nicht fahren könne, weil der sogenannte „Transport" zu schwer sei. Ich nickte ihm zu. Daraufhin schlug er mit der Hand auf den Tisch und sagte, dass ich mich alleine verarschen könne.

Ich wunderte mich über seine Sinneswandlung. Der andere Kollege machte eine beschwichtigende Geste und beide Polizisten wechselten die Plätze. Der Platztausch hatte zur Folge, dass der andere Polizist, nennen wir ihn Polizist 2, nun der Interviewer war und vor mir saß. Der andere Beamtentyp verließ sogar die Küche.

Er entschuldigte sich für seinen Kollegen und meinte, dass dieser die falschen Worte gewählt habe. Trotzdem fügte er hinzu, dass er mich noch etwas fragen müsse. Ich zuckte mit den Schultern, weil ich ohnehin keine Gewalt mehr darüber hatte. Ohne Umwege posaunte er mir die Frage entgegen. Dabei entpuppte sich diese Frage als die sinnvollste aller bisherigen Fragen. Er fragte mich, ob weder ich noch meine Mutter mitbekommen hätten, dass Papa im Keller gewesen war. Während ich an ihm vorbei schaute, um meine Mutter zu betrachten, die wieder im Flur stand und mich eindringlich

musterte, glaubte ich die Wahrheit zu wissen. Da Mama das nicht hören sollte, rückte ich näher an den Polizisten heran. Ich flüsterte in sein Ohr, dass Papa der Schweinebraten schon lange nicht mehr geschmeckt hat.
Der Polizist sagte, dass diese Information ihm geholfen habe. Daraufhin sagte ich dem Polizisten, dass er nicht so stark mit Mama ins Gericht gehen soll. Sie konnte nämlich wunderbare Omeletten zubereiten.
Während er diesen Beitrag nicht zu notieren schien, beschäftigte ich mich mit der Frau, die im Flur stand. Ich wusste, was sie vorhatte, denn sie hatte es mir vor einiger Zeit geflüstert, als Papa schon einmal das Haus verlassen hatte.
Als wir uns musterten, konnte ich ein leichtes Nicken in ihrem Blick erkennen und wusste, was zu tun war. Ich fragte den Polizisten, ob ich noch weitere Fragen beantworten müsse. Als dieser antwortete, dass ich alle seine Fragen beantwortet habe, schlenderte ich in den Flur. Dabei lief ich an meiner Mutter vorbei und traf zu meiner Verblüffung auf den zweiten Polizisten. Er schaute sich mein Zimmer an und machte einige Fotos. Ich fragte ihn, was er mit den Fotos vor habe. Er sagte, dass er mein Zimmer sehr interessant fände und dass er die Fotos seinen Kollegen zeigen wolle. Ich nickte und fragte, ob ich auch ein Foto von ihm machen dürfe. Er schüttelte mit dem Kopf. Als ich ihn fragte, warum ich kein Foto von uns beiden schießen könne, meinte er, dass das verboten sei. Ich konnte mir die Frage nicht verkneifen, was

wäre, wenn ich es ihm verbieten würde, Fotos von meinem Zimmer zu machen. Er antwortete, dass er von der Polizei wäre und er das machen dürfe, weil er das Gesetz sei. Ich sagte, dass das Gesetz manchmal ziemlich gemein wäre.
Ich öffnete meinen Kleiderschrank und holte meinen Reisekoffer hervor. Er wurde schon längere Zeit nicht mehr verwendet und so lag eine kleine Staubschicht auf ihm. Der Polizist stand hinter mir und fragte, ob ich verreisen wolle. Ich nickte und sagte, dass ich aber nicht wisse, wohin die Reise gehe. Er wollte in Erfahrung bringen, wer das denn wissen würde. Ich nannte ihn meine Mutter als erste Ansprechpartnerin. Er stufte meine Informationen als „interessant" ein und fragte, ob er noch etwas für mich tun könne. Ich sagte, dass es da etwas gäbe. Er meinte, dass er gerne meine Frage hören wolle und mir auf keinen Fall „böse" sein könne. Ich klatschte in die Hände und fragte, ob er sich mit seiner Dienstwaffe eine Kugel ins Gehirn jagen könne, weil ich davon ein Foto machen, und das dann meinen Freunden zeigen wolle.
Ich bewunderte ihn für sein Durchhaltevermögen.
Er hielt sich an sein Wort und wurde nicht sauer. Stattdessen fragte er mich, was ich davon hätte, wenn er auf dem Boden läge. Offensichtlich hatte er aus seinem Fehlverhalten gelernt. Ich sagte ihm, dass dieses Farbenspiel mich an etwas erinnern könnte, was ich vor ein paar Tagen erlebt habe. Ich erzählte ihm von dem prächtigen Farbspiel, das ich auf dem Feld erleben konnte. In dem Moment, als

er wissen wollte, ob ich denn alleine auf dem Feld mit meinem Fahrrad gewesen sei, betrat der zweite Kollege mein Zimmer. Er hatte zweifelsohne Manieren von zu Hause mitgebracht, da er anfragte, ob er sich dazu gesellen dürfe. Ich lud ihn ein, sich auf die Couch zu setzen, da er mir sympathischer als der Fotograf rüberkam. Weil ich den Fotografen nicht dumm aussehen lassen wollte, ließ ich ihn auch auf der Couch sitzen. So saßen wir in einer geselligen Runde zusammen, wo ich nochmals betonte, welch tolles Farbspiel es ergeben hätte, wenn er seine Dienstwaffe benutzt hätte.

Unglücklicherweise teilten die Polizisten meine Vorstellungen nicht. Sie beschlossen, dass ich das Haus ohne Mama zu verlassen habe.
Das Vorhaben wurde sehr schnell umgesetzt, denn der eine Polizist ging ohne Umwege zu meiner Mutter, um ihr die Botschaft zu verkünden, dass nur ich mit ihnen gehen werde.
Mama schien nicht mehr alle Tassen im Schrank zu haben, als sie mit der Hand in das Gesicht des Polizisten schlug. Auch diese Attacke blieb nicht ohne Folgen. Eine Polizistin wurde von außen gerufen, die meine Mutter kurzerhand ruhigstellte. So betrat ich das Treppenhaus und schlenderte wenige Schritte weiter, bis ich die gierigen Tiere vor mir sah.

Alle waren gekommen, um meinen Abgang zu erfahren. Ich erblickte gerührte Gesichter. Manche waren entsetzt, andere wiederum fassungslos. Ich sagte zu dem jüngeren Polizisten, dass das ja wie im Film sei. Er antwortete nicht, sondern zeigte mit einer Handbewegung den richtigen Weg zum Auto an.
Ich öffnete selbst die Tür und setzte mich in den klimatisierten Polizeiwagen. Bevor der Polizist die Tür schloss, hörte ich noch eine Männerstimme fragen, was der Junge denn damit zu tun hätte. Ich hatte meinen großen Auftritt und die ganze Umgebung konnte zusehen. Es war kein sonderlich schöner Sommertag gewesen, doch gut genug, um mich zu erinnern, dass erst drei Wochen der Sommerferien vorüber waren.

Es war ein verrücktes Gefühl in einem Polizeiauto zu sitzen, dessen Scheiben getönt waren. Im Inneren war ich in der Lage, das Äußere komplett einzusehen, während die Außenstehenden mich nicht erblicken konnten.
So nutzte ich die Gelegenheit, um in einige Gesichter zu blicken, die ich einige Zeit nicht mehr gesehen hatte. Erwähnenswert wäre da zum Beispiel der junge Aaron Sommer. Aaron ging in meine Klasse. Kurz nach unserer Einschulung sollte sich herausstellen, dass er mich zum größten Loser unserer Schule machen wollte, obwohl er selbst wie ein Opfer aussah. Daher wunderte es mich sehr, dass er nun vor unserem Haus stand, um die beste Sicht auf das Geschehen zu haben.

Er starrte direkt auf die Fensterscheibe, dabei wusste er, dass er mich nicht sehen konnte. Jedoch wusste er nicht, dass ich an seinem pickligen Gesicht vorbei schielen musste, um mein nächstes Ziel besser betrachten zu können. Vielleicht hatte ich etwas überreagiert, als ich den Augenblick nutzte, als der Polizist abgelenkt war und langsam die Wagentür öffnete. Ja, es war unklug von mir, aber irgendwie auch erlösend, dass ich auf Aaron zustürmte und ihn zu Boden riss und auf sein pickliges Gesicht trat. Obwohl er mich kommen sah, war er wohl zu verblüfft, und konnte sich daher nicht mehr wehren.

Natürlich tat es weh, als der Polizist mir Handschellen anlegte und ich einen Krampf in der Schulter bekam. Es war schlimm, dass meine Mutter am Fenster stand und weinte, als sie mein Werk sah. Aaron, der aus der Nase blutete und damit sein weißes T-Shirt befleckte, hatte immerhin durch meine Mithilfe seine künstlerische Ader entdeckt. Auf Sondermärkten hätte er wohl sogar Geld für dieses Kunstwerk auf seinem Shirt bekommen können. Jedoch war es peinlich, dass er dabei laut weinte. Nicht geplant war, dass ich nun so eingeschränkt war, dass ich mich nicht mehr drehen konnte.

Der hässliche Aaron wurde zwar weggeschafft, doch ich konnte keinen letzten Blick nach hinten werfen, als der Polizist den Polizeiwagen startete, um auch mich von hier wegzubringen.

Als wir losfuhren, richteten sich einige Blicke auf das weißblaue Auto und ich wollte die Gelegenheit nutzen, um mir einen würdigen Abgang zu verschaffen. Aus diesem Grund fragte ich den Polizisten, ob wir mal kurz die Sirene anmachen könnten. Er schwieg. Auch als ich ein weiteres Mal nachfragte, gab er keinen Ton von sich.

Wenige Minuten später tauchten seine Augen im Rückspiegel auf. Also doch, er wollte mit mir kommunizieren. Ich fragte, ob ich vorne sitzen dürfe. Wieder erhielt ich keine Antwort. Ich nickte und fragte, was mit mir passieren werde, falls ich gegen die Fensterscheibe spucke. Die Verblüffung in mir war groß, als der Polizist sagte, dass ich sie dann wieder sauber wischen müsse.

Er schien ein cooler Typ zu sein, vermutlich sollte er ein guter Polizist bis an sein Lebensende bleiben. Es kam ein Funkspruch rein, den ich aber nicht verstand. Der coole Typ hinterm Steuer sagte, dass er sich darum später kümmern werde. Ich erblickte seine Augen im Rückspiegel und streckte ihm die Zunge raus. Dann sagte ich ihm, dass er keine Angst haben müsse, da ich nicht vor habe, „Lama" zu spielen.

Ich erkannte in seinen Augen, dass er auch ein kleiner, neugieriger Mistkerl war. Ich sagte, dass er mir ruhig die Frage stellen könne, die er auf dem Herzen hat. Er wollte einfach nicht. Ihm war einfach nicht zu helfen. Ich seufzte und schaute aus dem Fenster. Ich hatte keine Ahnung, wo wir uns gerade befanden. Die Straße, auf der wir fuhren, wirkte neu.

Ich probierte erneut mein Glück mit einer Frage. So fragte ich den coolen Polizisten, wo wir uns befänden. Er konnte sich keinen Ruck geben und wollte immer noch kein Gespräch. Dann erinnerte ich mich an eine Fernsehsendung, die ich vor einiger Zeit gesehen hatte. Ich posaunte mein Wissen Richtung Fahrersitz. Ich erklärte, dass ich als Verhafteter ein Recht auf einen Anwalt habe und ebenso erfahren dürfe, wohin die Reise geht.

Seine neugierigen Augen tauchten wieder im Rückspiegel auf, bevor ich erfahren durfte, dass er doch nicht die Sprache verloren hatte. Er sagte, dass ich nicht verhaftet sei und dass ich auch keinen Anwalt benötige.

Ich antwortete, dass die Handschellen an meinen Handgelenken schmerzten. Tatsächlich war das die Wahrheit.

Als mein Polizeikumpel das Auto stoppte und sich in meine Richtung drehte, grinste ich ihn an. Er fragte, ob ich es noch einen Moment aushalten könne, weil er keine Lust auf „Spielchen" habe.

Ich erklärte dem Polizisten, dass ich kein kleines Kind mehr sei. Außerdem fragte ich ihn, ob ich ihn „Duzen" dürfe. Er nickte.

Ich suchte seinen Blickkontakt, doch er vermied es, mir in die Augen zu blicken. Ich wollte die Situation weiter entspannen. Aus diesem Grund sagte ich, dass es nicht in Ordnung von mir war, das Auto verlassen zu haben. Er nickte, stoppte den Wagen und öffnete schließlich die Fahrertür.

Er öffnete meine Tür und nahm mir die Handschellen ab.
Beim Schließen der Autotür vernahm ich, dass mein neu gefundener Kumpel diese so verriegelte, dass ich sie von innen nicht mehr öffnen konnte. Um ehrlich zu sein, hätte ich dasselbe an seiner Stelle getan.
Während er den Motor startete, fügte er hinzu, dass wir jetzt einige „Schweigeminuten" einlegen werden. Ich war mir unsicher und fragte, welcher Vorfall einige „Schweigeminuten" benötige. Er räusperte sich und meinte, dass er nicht „Das" meine, sondern, dass wir eine Sprechpause einlegen.
Ich teilte mit, dass ich ohnehin keine Lust mehr auf sein Gelaber habe und lehnte mich zurück. Sollte er doch gegen einen Baum fahren, dann würden andere für uns schweigen. Oder sogar noch mehr labern.
Wir verbrachten die darauffolgenden Momente in strenger Schweigepflicht. Er ließ mich in Ruhe, während ich ihm den Gefallen tat und nicht das machte, was ich sonst so mache. Man könnte meinen, dass ich versucht hatte, es wieder gut zu machen.
Wir hielten an, da die Ampel an der Straßenkreuzung für uns „rot" leuchtete. Er brach zuerst die Funkstille und meinte, dass wir bald da seien. Ich fragte erneut nach dem Ziel unserer Reise. Er meinte, dass ich mich einfach mal überraschen lassen solle. Ich sagte ihm nicht, dass ich Überraschungen hasste, da ich mich nicht

schon wieder in eine schwierige Lage bringen wollte. Stattdessen rief ich, dass auf dem Baum einige kleine Äffchen rumhüpfen würden. Reflexartig schaute er zu seiner rechten Seite und erblickte natürlich nur einen Baum, der am Wegrand in der Sonne gammelte.

Ich lachte und sagte, dass ich ihn ganz schön „gedisst" habe. Er rang sich ein winziges Schmunzeln ab, wobei ich nicht wusste, ob er dies ernst meinte oder nur Theater spielen wollte. Als wir wieder „grün" hatten, wollte ich es genau wissen und fragte, ob er gerne ins Theater gehe.

Er meinte, dass er jeden Tag „Theater" habe und er daher nicht auch noch ins Theater gehen müsse. Ich konnte dieser Frage nicht widerstehen und fragte, ob das hier gerade für ihn „Theater" sei. Er schüttelte mit dem Kopf und lachte. Er war ein cooler Typ.

Als wir den Zielort erreicht hatten, hätte mein Freund von der Polizei mich darauf nicht hinweisen müssen. Ich erkannte die leicht schäbige Einfahrt, wo sich Kieselsteine links und rechts kreuzten und wo ein kleines braunes Tor einladend wirken sollte und dabei eher peinlich wirkte. Ich konnte kaum glauben, dass hier unsere Fahrt enden sollte.

Er sagte, dass ich jetzt „tapfer" sein soll und er mir „alles Gute" für die Zukunft wünsche. Er tätschelte mir auf die rechte Schulter und ich ließ ihn gewähren, weil er auch zum Ende hin ein cooler Typ geblieben war. So öffnete ich das braune Tor und überquerte den Weg in Richtung Hauseingang, welchen ich vor ein paar Wochen zuletzt betreten hatte und danach nicht mehr betreten sollte, da Papa es nicht wollte.

Ich wunderte mich über die blühenden Farben, die links und rechts an mir vorbei streiften, während ich mich langsam vorwärts bewegte.

Als ich mich umdrehte, sah ich den Polizisten immer noch vor dem Wagen stehen. Er verschränkte seine Arme vor der Brust und hatte wohl mehr Angst davor, dass ich querfeldein abhaute, anstelle die Holztreppe nach oben zu gehen.

Auch hier schien die Zeit still zu stehen. Der letzte Anstrich hatte schon ein paar Monate auf dem Buckel. Ich wunderte mich über das Farbenmeer und wollte schon eine Verbindung zu meinem Knie herstellen. Da mir das aber zu krank vorkam, ließ ich es.

Als die Tür geöffnet wurde und ich die Gestalt erblickte, die ich nicht mehr sehen sollte, wurde mir klar, warum ich hier war. Es war nicht allein Gottes Wille.

Das Wesen vor mir lächelte mir entgegen und umarmte mich mit seinen beiden kräftigen Armen. Ich ließ es zu, weil sie ein Teil von mir waren. Ich hatte meine richtige Mama schon ein paar Wochen nicht mehr gesehen.

Sie sagte, dass ich schon einmal reingehen soll, während sie selbst zum Polizisten ging, der immer noch Richtung Hauseingang blickte. Zwar konnte ich ihre Worte nicht hören, doch beide nickten eifrig und schienen einen Plan zu haben. Sie verabschiedeten sich voneinander mit einem Händedruck und dann sollte ich wieder im Mittelpunkt des Interesses stehen.
Meine echte Mama sagte, dass sie nicht wisse, was sie mir sagen solle. Doch sie fügte hinzu, dass sie auch traurig sei und dass es ihr leid täte. Ja, ja, es tat immer allen immer alles leid. Das war nichts Neues für mich.
Sie stellte eine Pfanne auf den Herd und sagte, dass sie uns jetzt erst einmal etwas leckeres kochen werde. Ich sagte, dass das eine gute Idee sei.
Sie konnte ihre Tränen nicht verbergen, auch nicht, als sie mit dem Rücken zu mir stand und ich auf dem kleinen Küchenhocker saß. An diesem hatte ich mir als kleines Kind den Kopf heftig gestoßen, als ich mich unter dem Tisch versteckte, als wir „Verstecken" spielten.
Sie war schon immer eine gute Köchin gewesen und auch viel besser darin als meine zweite Mama, die jetzt wahrscheinlich den gierigen Schlauch entsorgen sollte, während ich hier auf meine

Portion Spaghetti wartete. Hoffentlich würde sie den Schlauch bändigen können, denn ich wusste, dass seine Kraft gewaltig war.

Während die Spaghetti brav in dem dafür vorgesehenen Kochtopf erhitzt wurden, schaute mich die Frau vor dem Herd an. Ich fragte, wie es ihr so gehe. Sie lächelte und meinte, dass es ihr nicht besonders gut gehe. Dann fragte sie mich nach meinem Wohlbefinden. Ich äußerte mich natürlich auch dazu und erzählte, dass ich müde und auch etwas sauer sei.

Ich erzählte ihr, dass das braune Tor einen hässlichen Farbton habe und dass sie mir beim letzten Besuch versprochen hatte, es zu überstreichen.

Sie meinte, dass wir gemeinsam in den Baumarkt fahren können, um eine passende Farbe zu kaufen. Ich freute mich und sagte, dass wir es „schwarz" anmalen sollten.

Mama wusste nicht so recht, ob ihr diese Farbe gefallen werde. Ich sagte, dass diese Farbe am besten zu ihr passe.

Ich konnte erkennen, wie sie schluckte und dabei den Kopf abwendete. Offensichtlich hatte ich etwas Falsches gesagt.

Ich fragte Mama, ob sie wisse, was mit meiner zweiten Mama sei. Sie zuckte mit den Schultern, als ob es ihr egal wäre. Vielleicht wollte sie auch anfangen, Theater zu spielen. Sie war aber eine schlechte Darstellerin, weil eine mittelgroße Falte über ihrem rechten Auge zum Vorschein kam.

Ich sagte, dass sie nicht schwindeln solle, weil das Unglück bringe. Sie meinte, dass sie nicht schwindeln könne. Was für ein Schwindel.

Ich erzählte ihr von dem hinterlistigen Schlauch, den ich im Keller angetroffen hatte und als ich gerade damit beginnen wollte, ihr von meinem Kettcar zu erzählen, rief sie, dass ich damit aufhören müsse. Sie schien entsetzt, aber doch nicht verwundert. Ich hielt inne, weil ich diese Reaktion nicht erahnt hatte. Vermutlich war ich so verwundert, weil ich sie nicht oft besuchte.

Sie bat mich, ihr davon nicht zu berichten. Beim Abschütten der Spaghetti verlor Mama die Geduld und feuerte das Sieb in die Küchenspüle. Dabei kletterten einige Spaghettiwürste aus dem Becken. Intuitiv machte ich den Kühlschrank auf und holte ein Glas „Tomatensauce Gold" hervor. Ich öffnete das Saucenglas und kippte den Inhalt über das Sieb. Nun nahm ich einen großen Löffel und rührte, bis alle verbliebenen Spaghettiwürste mit roter Sauce bedeckt waren und sie Feuerwehrmännchen zu spielen schienen. Ich klatschte in die Hände und brüllte, dass das Essen angerichtet sei.

In meinem letzten Traum betrat ich eine Stadt, die aus Asche erbaut worden war. In ihr lebten kleine Aschemenschen, die nicht miteinander sprachen, sondern sich Gedanken schickten.
Sie konnten nicht sprechen. Ich wusste nicht, ob sie es einst konnten und sie erst jetzt sprachlos geworden waren, doch ich besaß die Fähigkeit, in ihre Gedanken zu sehen.
Ich trat zwischen die Menschen und sie rührten sich nicht. Sie schienen auch Bewegungsmuffel zu sein.
Als Asche von oben herab regnete, blickten die Menschen nach oben und hoben dabei ihre kleinen Aschehände. Sie sogen die Asche wie ein Wischmop auf. Es war wohl ihr Höhepunkt. Ich schlenderte durch die Menschenmenge und bemerkte, dass sie stumm dabei lachten.
Ich legte einem Aschekind meine Hand auf den Rücken und es weinte. In demselben Augenblick erzitterte der Boden und mir fuhr ein Schauer über den Rücken, weil ein aschedurchzogener Schlauch über den Boden hüpfte und alle Aschemenschen niedermähte, mit denen er in Kontakt kam.
Das Schlimmste an der Sache hatte ich bisher noch nicht erwähnt. Alle Aschemenschen schauten mich in diesem Moment an, bis auch sie von dem Schlauch erfasst wurden.
Als nur noch ich übrig blieb, fiel der Schlauch zu Boden. Wir waren nur ein paar Meter voneinander entfernt. So näherte ich mich ihm mit vorsichtigen Schritten, während ich ein Herz klopfen hören konnte. Es schien unmöglich, doch es musste der

Schlauch gewesen sein. Er wackelte hin und her als ich direkt vor ihm stand, da das Herz in seinem Inneren größer war, als er es verdient hatte.

Was für eine jämmerliche Vorstellung von ihm. Er schien keine Kraft mehr zu besitzen. Ich trat mit dem linken Fuß sieben Mal auf ihn ein, bis sein Herz nicht mehr pochte.

Nun lag er schlaff und regungslos vor mir. Ich dachte, dass das nicht alles gewesen sein konnte. Mein Blick wanderte von links nach rechts und ich drehte mich im Kreis, nur um festzustellen, dass ich alleine war. Ich rannte los. Ich rannte und rannte und als mich meine Beine nicht weiter tragen wollten, weil sie den Geist aufgegeben hatten, sank ich laut atmend zu Boden.

Ich trat mit den Füßen auf das Gestein unter mir und dachte, dass das Level niemals hier zu Ende sein könne und dass ich nur eine Schwachstelle finden müsse. Als die vermeintliche Lösung in mir aufkam, bekam ich es mit der Angst zu tun.

Es gab nur wenige Dinge, vor denen ich mich fürchtete. Daher war das nun aufkommende Gefühl eine gern gesehene Abwechslung zu all den anderen Gefühlen, die mein ständiger Begleiter waren.

Ich hob die Hände in die Höhe und bemerkte ein leichtes Zittern in meinem rechten Arm. Schlussendlich schaute ich nach oben und entdeckte ein schwarzes Nichts. Es konnte auch eine schwarze Unendlichkeit sein, der ich mich nähern musste. Ich nahm allen Mut zusammen und schaute in die Dunkelheit.

Als einige Sekunden verstrichen waren, hielt ich weiterhin inne, weil ich das Gefühl hatte, dass ich beobachtet werde. Meine beiden Hände zitterten und meine Knie schlackerten. Ich war orientierungslos und gerade äußerst furchtsam. Ich weinte und meine Tränen liefen mir die Wangen herunter, während meine Kraft in den Händen nachließ. Ich hatte mit dem Level abgeschlossen. Aus heiterem Himmel wurde ich mit einer neuaufkommenden Aschwelle überflutet und war von ihr eingeschlossen. Ich konnte mich nicht mehr bewegen.
Die Asche schloss sich um meine Beine und brachte eine weitere Besonderheit mit sich. Ein neuer Schlauch wütete. Ich konnte ihn nicht sehen, jedoch sehr gut hören. Er schoss durch die Asche, seine unvorstellbare Kraft erlaubte es ihm, sich in dieser fortzubewegen.
Ich hörte, wie er immer näher kam. Mir war klar, dass ich der einzige Überlebende dieser kleinen Aschegemeinde war und dass ich das letzte Opfer sein sollte. Da ich mich nicht bewegen konnte, ergab ich mich meinem Schicksal. Während ich zuvor noch Angst verspürte, hatte ich nun gar kein Gefühl mehr, zumindest konnte ich es nicht mehr benennen.
Ich hörte wieder das Herz klopfen und wusste, dass es nun ganz nahe sein sollte. Es regnete weiterhin Asche von oben und ich war bis zur Hüfte von ihr eingenommen. Ich klatschte so laut in die Hände, wie es nur ging und je mehr ich es tat, desto mehr Asche regnete von oben herab. Ich klatschte und

klatschte. Hätte ich mich bewegen können, hätte ich getanzt. Ich hörte nicht auf. Auch als ich das Herz so laut pochen hörte, dass es nur wenige Meter vor mir stehen musste, wollte ich den Rhythmus nicht unterbrechen.
Leider erschrak ich so sehr, dass selbst in mir ein Herz pochte. Meine Hände fielen zu Boden und mein Körper reagierte nicht mehr. Ich wurde zu einem Aschekind.
Der Schlauch, der sich vor mir zeigte, war schon furchteinflößend genug. Doch dass mein Vater diesen in den Händen hielt, war unerhört.

Sie hörte meine Schreie und eilte herbei. Ein Licht ging an und ich war vom Leben erhellt. Sie stürzte in mein Zimmer und fragte, was los sei. Es war 01:27 Uhr. Sie nahm mich in den Arm und fragte erneut nach dem „Warum". Ich kam zu mir und begriff, dass ich nicht mehr Bewohner dieser kleinen Aschekommune war. Ich schaute sie an und sagte, dass ich zu meinen Brüdern und Schwestern zurückkehren werde.
Mamas Augen wurden groß, doch ihre Lippen blieben stumm. Ich stellte mich auf den Boden und hob meine Hände in die Höhe, doch ich erkannte keinen schwarzen Horizont. Stattdessen erblickte ich ein Bärchen auf der Tapete, die ich einmal zum Geburtstag geschenkt bekommen hatte.
Ich rief, dass der Bär verschwinden müsse. Meine Mutter rannte hinter mir her, als ich der Treppe nach unten folgte, um meinen Einfall umzusetzen. Ich öffnete die Tür und widersetzte mich dem

Rufen meiner Mutter, sofort stehen zu bleiben. Ich rannte über die Straße und in das Feld hinein, um meine Mutter abzuschütteln. Ich streckte die Hände dem Nachthimmel entgegen und hieß die Dunkelheit willkommen.

Der Lichtstrahl einer Taschenlampe störte meinen Versuch, zurück in meine Aschekommune zu kehren, erheblich. Er sorgte sogar dafür, dass ich die Hände zu Boden fallen ließ und mich aufrichtete.

Ich gab keine Widerworte, als ich einsehen musste, meine Mutter doch nicht abgehängt zu haben und es war okay für mich, dass sie mich am Kragen packte, um mich aus dem Feld zu bekommen.

Ich sagte, dass ich es wieder gut machen werde und dass ich nun alleine gehen könne. Vermutlich glaubte sie mir nicht.

Ich wollte sofort wieder ins Bett, doch meine Mutter ließ mich nicht in Ruhe. Sie betrat sofort das Zimmer und meinte, dass sie wisse, dass das eine sehr schwierige Situation für uns sei und dass wir diese gemeinsam durchstehen werden.

Sie bat mich, nicht mehr wegzulaufen. Ich versprach Mama, in Zukunft auf sie zu hören und teilte ihr mit, dass wir beim Frühstück noch einmal sprechen werden.

Mama konnte nicht wissen, dass mir ihre Meinung egal war und ich bereits zu diesem Zeitpunkt einen anderen Plan hatte.

Mama wollte meine Tür in der Nacht offen lassen. Ich bat sie, die Tür zu schließen, weil ich angeblich bei den Nebengeräuschen von der Straße, die in das Zimmer eindrangen, nicht einschlafen könne. Sie schaute besorgt, dennoch entschied sie sich dazu, meinem Wunsch Folge zu leisten.

Kurz bevor ich alleine gelassen wurde, hatte sie aber noch eine letzte Frage an mich. Sie setzte sich an die Bettkante und fragte, was mich in meinem Traum so sehr beschäftigt hat.

Ich erzählte ihr von meiner kleinen Aschegemeinde mit den Aschemenschen und dass ich kurz davor war, eines dieser Aschekinder zu werden. Ich schaute sie ärgerlich an und erzählte von dem wilden, gierigen Schlauch mit dem großen Herzen. Ich redete mich in Rage, sodass ich wild gestikulierte, obwohl ich dies sonst nicht machte. Ich boxte mit der Faust auf die Matratze, als ich erzählte, dass ich den Schlauch zerstört hatte.

Leider wollte sie den Höhepunkt nicht mehr erfahren.

Sie hielt sich die Hand vor den Mund, als ob sie sich selbst dadurch zwang, den Mund zu halten. In mir kam Wut auf, weil sie zum Telefon griff und in den Hörer sprach. Erst dann sah ich das Unheil, das ich in dem Zimmer angerichtet hatte.

Sie sagte, dass ich mich beruhigen soll. Ich konnte mich nicht beruhigen. Ich ging in den Flur und schrie, dass ich meinen Traum noch nicht zu Ende erzählt habe. Sie ging rückwärts, während ich mich ihr näherte. Sie meinte, dass wir uns jetzt beruhigen und unten in der Küche setzen werden.

Ich wiederholte, dass ich ihr noch das Ende erzählen müsse. Sie sagte, dass sie mir zuhören wird, wenn ich mich beruhigt habe.
Ihre Augen sendeten eine panische Botschaft. Wenige Momente später klingelte es an der Tür.
Mama sprang vom Stuhl und öffnete die Tür. Sie weinte und sagte, dass man mir helfen müsse.
Woran ich mich noch erinnern konnte, war, dass ich das Eindringen einer Nadel verspürte und an die Worte meiner Mutter, die mir ins Gesicht sagte, dass ich jetzt erst einmal schlafen soll. Okay, Doc!

Meine Augen waren geöffnet als ich geboren wurde und ich konnte sie auch nicht mehr davor verschließen, was ich nun zu sehen bekam.
Die Aschewolken verzogen sich und ich erblickte die Bärchentapete, von der mich ein brauner, grinsender Bär auf seinem purpurrotem Fahrrad angrinste, während er einen Regenschirm in der linken Hand hielt.
Ich hasse ihn, denn er verhinderte, dass mich meine Aschegemeinde wieder aufnehmen wollte. Er hatte wohl einen schlechten Einfluss auf mich und die Mitbewohner. Er musste verschwinden.
Es war bereits Morgen und ich wusste nicht, wie lange ich die Augen sinnlos geschlossen hielt und Zeit verspielte. Ich fühlte mich schlapp, doch das war ein notwendiges Übel, das ich eingehen musste. Ich folgte der Treppe nach unten und vermied dabei, jegliche Geräuschkulissen zu verursachen. Es gelang. Ich stolzierte mit einem Messer, das ich in der Küchenschublade fand, wieder nach oben und

setzte an der Ecke der Wand an. Ich puhlte eine kleine Schnittstelle heraus, sodass ich ein Tapetenende greifen konnte.

Ich verabschiedete mich von dem kleinen Bärchen mit dem purpurroten Fahrrad und sorgte mit einer schnellen Handbewegung dafür, dass das Bärchen den Kopf und den Bauch verlor. Die restliche Tapete kratzte ich ab, sodass eine graue Unterfläche übrig blieb.

Ich nahm Wasserfarbe zur Hand und den dicksten Pinsel, den ich finden konnte. Das Schwarz an der Wand sah „richtig" aus. Obwohl die Farbe nur eine sehr dünne Farbdeckung erreichte, machte sie auf mich einen beruhigenden Eindruck.

Es dauerte eine Weile, bis ich bemerkte, dass ich Besuch hatte. Sie hatte mich wohl schon länger beobachtet. Ich grüßte Mama und entschuldigte mich, dass ich sie aufgeweckt habe. Sie fragte, was mit der Tapete nicht in Ordnung sei. Ich sagte, dass das Bärchen mich nicht zu meinen Freunden der Aschegemeinde lasse.

Sie fragte, ob ich wieder von den Leuten geträumt habe. Ich schaute sie an, weil ich das Gefühl hatte, dass sie den Ernst der Lage nicht verstand. Ich erklärte, dass es nicht irgendwelche Leute seien, die ich treffen müsse, sondern meine Leute. Ich klärte Mama darüber auf, dass sie keine Ahnung haben könne, welche Verantwortung ich übernehmen muss. Ich fügte hinzu, dass sie ja nicht hören wollte, dass Papa mit der zweiten Ascheflut gekommen war und er den Schlauch in der Hand hielt.

Sie blieb stumm, und da ich keine weitere Lust auf Zeitverschwendung hatte, fragte ich, ob sie das kapiert habe.

Sie nickte, doch ihr Blick passte nicht zu dem, was sie meinte. Trotzdem bestätigte sie mit einem leisen „Okay", dass sie bereit war, mir zu helfen. Ich erwiderte, dass sie damit beginnen könne in die Stadt zu fahren, weil die schwarze Farbe alle sei. Außerdem fügte ich hinzu, dass es ruhig eine größere Tube sein dürfe.

Mama machte ernst. Sie bat mich, mich zu setzen. Dann sagte sie, dass sie meinem Wunsch nicht nachkommen könne, weil es ihr Angst bereite, was ich hier vorhabe.

Ich hörte mir ihren Blödsinn noch eine weitere Minute an, bevor ich ihr befahl, den Mund zu halten.

Ich packte sie am Kragen und wollte sie aus der Tür schieben, doch sie hielt inne und ließ es nicht dazu kommen. Sie sagte, dass es schlimm sei, was Papa uns angetan hat, doch sie könne nicht mit ansehen, wie ich vor die Hunde gehe. Sie nahm den Farbkasten und ging.

Ich sprang auf ihren Rücken und kämpfte um die Rückkehr meiner Farben. Wir fielen, und dabei flogen prächtige Farbkombinationen aus dem Farbkasten und besudelten den makellosen Holzboden. Mama hielt mich fest und schüttelte an mir wie an einem Plüschtier. Sie rief, dass ich aufwachen müsse. Dann schrie sie, dass es fürchterlich sei, doch ich mit der Zeit akzeptieren werde, dass das Leben weiter gehen muss.

Mama hatte den Einfall, dass Papa sich umgebracht hatte und keine Gemeinde der Welt ihn mehr zurück bringen kann.

Als ich das hörte, rollte ich mich in den Farben hin und her, bis ich von Farbe umwickelt war. Ich dachte an Papa und gleichzeitig hörte ich die Worte von Mama, die weiterhin rief, dass wir es nicht mehr ungeschehen machen können.

Eine Sache kam mir dann doch komisch vor. Warum sollte Papa den listigen Schlauch in den Händen halten, obwohl er wusste, was er ihm angetan hatte? Ich war schockiert, ich hatte meinen eigenen Traum nicht verstanden.

So lag ich in einer Farbenpracht, dessen Künstler ich gewesen war und verstand, dass ich mich nicht in einem Level befand, sondern in meinem Leben.

Ich entschuldigte mich bei Mama, rannte in die Küche und ließ heißes Wasser in den Eimer, während ich gleichzeitig einen Lappen von der Spüle schnappte. Ich rannte die Treppen hinauf und vergoss ein paar Wassertropfen, die jedoch schnell wieder weggewischt sein sollten.

Ich sagte, dass ich es diesmal wirklich wieder gut machen werde und wischte die Farben auf, bis der Holzboden frei von Unrat war.

Während Mama an der Wand lehnte, teilte ich ihr mit, dass ich es vollbracht habe und zu meiner Verblüffung grinste sie und klatschte dabei in die Hände, sodass ich merken musste, dass wir doch nicht so verschieden waren.

Während sie sich aufrichtete und ich den Inhalt des Eimers in die Toilette schüttete, piepte es aus der Uhr. Ein Vogel kam aus dem Uhrengehäuse gefahren und signalisierte, dass es 10 Uhr geworden war. Ich beobachtete sein verrücktes Treiben und stellte mir vor, was der listige Schlauch wohl mit ihm angefangen hätte. Bei seiner enormen Kraft hätte er sich wohl den Kopf des Tieres geschnappt und nicht mehr loslassen wollen. Das Rumgepiepse des Vogels fand schon bald ein Ende, da er nicht lange Auskunft über die Uhrzeit erteilen wollte. So verschwand er wieder in seinem Häuschen, um sein tristes Dasein weiter zu pflegen.

Mama machte Frühstück und fragte, ob ich Milch trinken wolle. Ich sagte, dass ich immer Milch zum Frühstück trinke.
Als kleines Kind wollte ich einmal unter eine Kuh krabbeln, um ihr Milch zu klauen. Ich konnte mich noch genau daran erinnern, wie sehr sich die anderen Kinder vor mir ekelten und sie mich „Kuhgesicht" die darauffolgenden Tage nannten.
Mama störte meine Gedankenwelt, als sie zu mir sagte, dass wir nach dem Frühstück trotz allem in die Stadt fahren werden, um mir ein paar Anziehsachen zu kaufen.
Sie meinte, dass ein paar neue Kleidungsstücke auch ein paar neue Gedanken mit sich brächten. Ich meinte, dass das eine gute Idee sei. Sie nickte und ich erkannte eine leichte Entspannung in ihrem Gemüt.

Sie bat mich, sie nie wieder so anzugehen, wie eben. Ich musste ihr widersprechen, da ich es doch wieder gut gemacht hatte, indem ich mich um die Farben auf dem Holzboden kümmerte.

Mama schien diese Auffassung nicht zu teilen. Sie bekräftigte, dass sie das nicht noch einmal dulden werde. Sie blieb dabei außerordentlich gelassen.

Ich schnappte mir eine Scheibe Bauernbrot und bestrich sie mit einem großen Klecks Nougatcreme. Der Brotaufstrich war herrlich süß, sodass mein Gehirn mir vorgaukelte, glücklich zu sein. Ich sagte, dass ich zur Abfahrt bereit sei, als ich das Brot runter geschlungen hatte.

Mama meinte, ich sollte noch eine Scheibe essen, weil wir ein bisschen in der Stadt verweilen werden. Ich jedoch konnte es kaum erwarten und sprintete die Treppe hinauf und erschrak vor dem Unheil, das ich angerichtet hatte. Ich nahm einen Besen und fegte Scherben und Tapetenfetzen zur Seite, um meine Schuhe anzuziehen.

Ich schnürte sie extra fest, damit ich länger in ihnen laufen konnte. Als ich das Zimmer verließ, vernahm ich eine ungewohnte Stille. Es fröstelte mich etwas, weil ich dachte, etwas Unsichtbares befände sich im Zimmer, das nur auf den richtigen Moment wartete, mich anzugreifen. Ob es der hinterlistige Schlauch war, konnte ich nicht genau benennen. Ich zog die Tür zu, damit das Unheil eingesperrt blieb. Dann ging ich wieder runter, trat durch die Haustür und hinaus in die Wärme.

Meine Mama fuhr nur ungerne Auto, doch mit mir auf dem Rücksitz machte sie eine bessere Figur. Im Radio ertönte der Song „Boys of summer", der älter als ich war und den meine Mama in ihrer Jugendzeit bereits hören durfte. Irgendwie schien der Song nicht aussterben zu wollen.

Obwohl ich eher das Klatschen bevorzugte, fühlte ich mich mit dem Song gut. Ich konnte den Text nicht ganz verstehen, weil der Sänger auf Englisch sang, und meine Englischkenntnisse stark ausbaufähig waren. Ich dichtete mir trotzdem meinen Teil zusammen und sang zusammenhangslos vor mich hin. Das wiederum fand meine Mutter schräg und korrigierte mich, weil sie sehr gut Englisch konnte.

Die Fahrt dauerte zwanzig Minuten und endete in einem Stau, weil irgendein Typ einem anderen Typen ins Heck gefahren war. Nun standen beide auf der Straße und warteten wohl auf die Polizei. Als ein Fahrer ungeduldig wurde und hupte, zeigte ihm der eine Typ den Mittelfinger. Daraufhin stieg der hupende Typ aus, sodass ich dachte, echtes Kino erleben zu können.

Stattdessen fielen ein paar Worte, die ich nicht auszusprechen wage, und damit war die Situation vorerst erledigt.

Die Polizei erreichte die Streithähne und forderte die beiden Typen auf, ihre Wagen zur Seite zu fahren. Eigentlich wäre es angebracht gewesen, auszusteigen und zu klatschen, weil die Polizei die Sache geregelt hatte. Vielleicht hätte aber einer der Typen einen bestimmten Gewalttypus angewandt.

Dann hätte ich mir eingestehen müssen, dass er kein cooler Typ gewesen war.
Wir fuhren ins Parkhaus des Einkaufscenters, wo ich mir neue Klamotten aussuchen sollte. Tatsächlich war es eine mehrstöckige Einkaufspassage mit vielen kleinen und großen Geschäften sowie Einrichtungen. Ich war schon so lange nicht mehr hier, dass es dafür ausreichte, mich als Fremder zu fühlen. Mama zeigte mir den Weg und betrat die Einkaufspassage durch die Drehtür.
Wir schlenderten an Sachen vorbei, die ich noch niemals gesehen hatte. Ich sah Essen, das teuer war und doch ekelhaft roch. Ich blieb bei einem edlen Fischrestaurant stehen, weil ich ein Aquarium sah, in dem riesige Hummer verweilten.
Ich kam wohl gerade rechtzeitig, denn ein Ehepaar zeigte lachend auf den dicken Hummer, der ein kleines Etikett mit dem Aufdruck „Andy" an sich trug. Der Fischmeister sah meinen erfreuten Gesichtsausdruck und meinte, dass ich näher kommen soll. Der dicke Andy wurde ziemlich nervös, wohl auch, weil viele andere Leute stoppten, um Andy in seiner vollen Pracht zu bewundern.
Nachdem das Ehepaar und der Fischmeister sich ausgetauscht hatten, rief der Fischmeister in die Passage, dass wir nun einen Andy in Aktion sehen werden. Viele lachten, als Andy langsam aus dem Becken gehoben wurde und er dabei mit seinen Scheren rasselte. Das Rasseln erinnerte mich an mein Klatschen und so war es fatal, dass ich lachen

musste. Der Fischmeister sagte, dass ich hinter den Tresen kommen soll. Die Leute klatschten, als ob sie mich für meinen Mut bewunderten.

Die zukünftigen Besitzer hatten die Poleposition, als der Fischmeister mir zuflüsterte, dass es jetzt schnell gehen müsse und ich mal schnell den Deckel aufmachen soll. Ich verstand nicht, was er beabsichtigte, doch ich hob den Deckel des riesigen Kochtopfs an und wich sofort zurück, da eine heiße Dampfwolke mich erfasste.

Ich sah, wie Andy von dem Fischmeister in den Kochtopf geschmissen wurde. Als der Dampf verzogen war, schaute ich in den Topf und erschrak, weil Andy das Rasseln verweigerte. Er konnte nur noch mit den Augen blinzeln. Er war in Seenot geraten.

In diesem Moment sah ich in ihm meinen Vater, der von dem listigen Schlauch erfasst worden war und keine Chance mehr gehabt hatte. Es war wohl Schicksal, dass Andy ausgerechnet von mir erledigt werden sollte.

Und während ich zusah, dass Andy immer mehr zwinkerte, bis er irgendwann keinen Ausdruck mehr besaß, kam der Fischmeister zu mir und reichte mir die Hand, um mir zu meiner Tat zu gratulieren.

Die kleine Menge konnte es kaum erwarten, als der Fischmeister mich zur Seite schob, um den veränderten Andy zu präsentieren. Er sah äußerst knusprig und einladend aus. Der Fischmeister ließ Andy wie eine Puppe aus einem Puppentheater hin und her wackeln. Mir wurde bewusst, dass wir alle die Hauptrolle für diese Darbietung besaßen. Deshalb wäre es richtig gewesen, wenn wir gemeinsam gewackelt hätten. Der Fischmeister jedoch packte Andy an den leblosen Scheren und verfrachtete ihn in einen Karton und ließ sich dafür gütig bezahlen. Andys neue Besitzer drehten sich um und wurden zu ihrem Fang beglückwünscht. Manche Leute riefen, was für ein „Prachtkerl" der Andy doch sei. Ich wusste, dass Andy nicht mehr Andy war und so klatschte ich so laut in die Hände, wie ich nur konnte. Das Szenario war unglaublich und ich hatte nach wirklich langer Zeit mal wieder den Groove in mir. Ich klatschte, bis die letzte gierige Fratze stumm blieb und ich meine Mutter sah, der mein Auftritt äußerst unangenehm zu sein schien. Sie zeigte dem Fischmeister einen Vogel, während sie mich vom Fischstand entfernte. Ich klatschte weiter, bis wir außer Sichtweite waren.

Mama verkündete, dass die Einkaufstour beendet sei. Als ich sagte, dass wir aber noch ein paar Klamotten kaufen müssten, zog sie mich weiter mit sich, sodass viele Menschen sich umdrehten. Sie sagte, dass sie sich nicht auf mich verlassen könne und ich dann eben ohne Klamotten rumlaufen muss. Ich riss mich los und sagte, dass es nicht okay von mir gewesen sei, einfach stehen geblieben zu sein. Ich versicherte Mama, dass ich dafür einen wichtigen Grund gehabt habe. Sie beugte sich zu mir herunter und sagte, dass ich ihr bitte einen plausiblen Grund dafür geben soll, warum ich nicht einmal ihren Anweisungen Folge leisten kann.

Ich sagte, dass ich den Song endlich verstanden hätte. Mama schaute mich ungläubig an und war sprachlos, als ich ihr offenbarte, dass Andy mein „Boy of summer" sei.

Ich folgte immer einem Ritual, bevor ich die Sommerferien beendete. Ich schrieb meine wichtigsten Ereignisse während der Sommerferien auf ein Blatt Papier und gab dieses meiner Klassenlehrerin ab. Natürlich wollte ich sie damit beeindrucken und zeigen, dass ich auch während der Ferien etwas für die Schule getan habe. Ich wusste aber auch, dass wir einen Aufsatz zu unseren letzten Ferienerlebnissen schreiben werden, da meine Lehrerin dies immer so verlangte. So schrieb ich einen Aufsatz in Deutsch. Anschließend übersetzte ich mit einem Onlineübersetzer den Text ins Englische, weil wir in Englisch dasselbe machten. Meine Englischlehrerin war meine Deutschlehrerin. Ich vermute, dass sie deshalb über Koordinationsschwierigkeiten klagte. Manchmal machten wir Deutsch anstelle von Englisch. Manchmal mischte sie auch die beiden Fächer und unterrichtete Englisch auf Deutsch und Deutsch auf Englisch. Sie war eine wahre Pracht und nannte dieses Vorgehen „fächerübergreifenden Unterricht". Sie sagte, dass wir keine Onlineübersetzer benutzen dürften, und sie das überprüfen werde. Sie ermahnte, dass sie bei einem positiven Befund die Note deutlich herabstufe. Sie war eine Fanatikerin des betonten Ausdrucks und das Wort „Herabstufen" bedeutete Glückseligkeit für sie. Ich wunderte mich, warum ich bisher nicht aufgeflogen war, denn ich machte immer die Hausaufgaben mit dem Onlineübersetzer. Dieser hatte mich bisher kaum belogen, und daher schrieb ich aus diesmal den englischen Text mit Hilfe des Internets. In diesem Punkt waren meine Klassenlehrerin und ich uns einig. Wir hatten unsere Prinzipien.

Weil sich Mama wieder beruhigt hatte, brachten wir neue Tapete an die Wand. Ich bestand darauf, keinen weiteren Bären an die Wand zu kleistern, Mama konnte eine schwarze Tapete nicht akzeptieren. So einigten wir uns auf ein unschuldiges Weiß.
Ich hatte vorerst aufgegeben, Zutritt zu der kleinen Aschegemeinde zu erhalten, nachdem ich Andy gekocht hatte. Mir war klar, dass die Bewohner mich nun als Eindringling auffassten und ich deshalb nicht mehr akzeptiert war. In meinen Träumen kam die Aschegemeinde nicht mehr vor. Trotzdem machte ich mir Gedanken darüber, welches Ausmaß Papa mit dem Schlauch in der Hand angerichtet haben könnte. Innerlich hoffte ich noch immer, ein Aschekind zu werden und glaubte nicht, dass der letzte Traum das Ende meiner Reise gewesen sein konnte.

Auf jeden Fall klopfte „das Ende" wieder an die Tür. Papas Beerdigung stand auf dem Terminplan. Ich überlegte, ob Papa immer noch den listigen Schlauch um den Hals tragen müsse, wenn er herabgelassen wird. Wenn ja, dann sollten wir besser in Deckung gehen.

Ich wurde geweckt. Es war relativ früh für mich, zumindest war ich diese Uhrzeit zum Aufstehen nicht mehr gewohnt. Ich duschte und schlenderte danach Richtung Fernseher. Mama war schon wach, doch heute ließ sie mich schon morgens fern sehen. Ein komischer Zeichentrick lief auf vielen Kanälen und noch mehr Werbung mit Rezepten zum Abnehmen, die wohl meiner anderen Mama gut getan hätten. Ich überlegte, was ich heute zu ihr sagen soll. Dass ich es wieder gut machen werde, wäre wohl die falsche Aussage gewesen. Meine richtige Mama ließ mich in Ruhe. Mir war dies recht, denn so musste ich auch keine ihrer unendlichen Fragen beantworten.

Ich wusste, dass in meinem Kleiderschrank ein nagelneuer Anzug auf mich wartete. In diesem sollte ich erhaben aussehen. Das Wort „erhaben" wurde mir von einer anderen Lehrerin meiner Schule beigebracht, die ich aber nicht im Unterricht hatte. Diese sagte, dass Anzüge nur dafür da seien, um die eigene Rolle zu verlassen. Sie erklärte, dass Anzüge nur dafür benutzt werden, um jemanden darzustellen, der man nicht sei. Sie sprach immer äußerst philosophisch. Selbst ich musste erst über die Worte nachdenken. Schließlich fragte ich sie, warum dann unser Schulleiter immer einen Anzug

trage. Sie lachte und wollte die Frage nicht beantworten. Ich glaube, das war das letzte Wort, das sie mir gegenüber äußerte. Ich war in ihren Augen vermutlich ein sehr schlechter Gesprächspartner.
Als ich den Anzug angezogen hatte, begutachtete ich mich im Spiegel und erkannte mich nicht mehr. Ich überlegte, ob diese Lehrerin vielleicht doch recht hatte. Auf jeden Fall konnte ich jetzt mit Sicherheit sagen, dass ich kein Aschekind war. Vielleicht war dies der Grund, warum mich der Anzug enttäuschte.

Als wir mit dem Auto vor dem Friedhof ankamen, warteten bereits einige Schaulustige auf uns. Es wunderte mich nicht, ihn wieder anzutreffen. Aaron wollte es mir wohl heimzahlen. Er stand geschützt in einer Menschentraube und lugte zwischen Schultern hindurch, sodass er sich sicher fühlte. Er war es nicht. Ich hatte meiner Mama nicht von unserem Erlebnis erzählt, sodass sie auch nicht ahnen konnte, was nun auf dem Spiel stand. Ich öffnete die Tür und sah, dass mein Auftreten viele Leute befriedigen konnte. Vermutlich standen sie schon einige Minuten vor der kleinen Kapelle, die eine gewisse Intimität und Privatsphäre vermittelte.
Ich wartete auf ein Blitzlichtgewitter, das ich aus dem Fernsehen kannte, doch es sollte nicht kommen. Anstelle von Blitzlicht ertönte ein Raunen und fragende Gesichter begleiteten meinen

Weg, bis ich schlussendlich vor der Kapelle stand und meine zweite Mama erblicken konnte.

Sie war sich treu geblieben. Sie trug ein schwarzes Sommerkleid und hielt eine Zigarette in der linken Hand, die vermutlich nicht die erste Version des heutigen Tages war. Eine Sonnenbrille verdeckte mir die Sicht auf den Kummer, den sie erlitten hatte. Sie nickte mir zu. Dabei spürte ich, dass wir uns voneinander entfernt hatten.

Meine richtige Mama blieb im Abseits und ließ die gierigen Blicke der Menschen über sich ergehen. Auch sie trug eine schwarze Sonnenbrille. Ich musste keine Sonnenbrille tragen.

Als wir in der ersten Reihe der Kapelle Platz nahmen, wanderte mein Blick Richtung Eingang und so wurde mir bestätigt, was ich schon vorher zu wissen schien. Der größte Teil der Menschentraube, der gerade noch um Aufmerksamkeit flehte, hatte bereits den Rückzug angetreten. Nur wenige der Anwesenden schafften den Weg in die kleine Kapelle mit den altertümlichen Holzbänken und dem modrigen Geruch von altem Holz. Diese Leute hielten sich im Hintergrund, während wir im Mittelpunkt zu stehen schienen. Es war dreist, dass Aaron einer dieser Leute war.

Jesus war allgegenwärtig. An den Wänden, in der Bibel, in den Worten und nun angeblich auch in Papa. Ich stellte mir vor, was passieren würde, wenn wir den Sarg öffneten und ein weiterer listiger Schlauch herausspränge. Wäre Jesus dann auch bei uns? Enttäuscht musste ich feststellen, dass ich es

nicht mehr herausfinden könnte, denn der Sarg, in dem Papa vermutlich lag, war aus starkem Holz geschnitzt und machte einen robusten Eindruck. Außerdem wäre es unangebracht gewesen, nachzusehen.
Es ertönte Musik und meine Mamas sangen Lieder, die ich nicht kannte und es erstaunte mich, dass viele Anwesende in der kleinen Kapelle mitsingen konnten. Selbst Aaron schien zu singen, aber ich wette, er bewegte nur die Lippen, um sich wichtig zu machen.
Kurze Zeit später betraten schwarzgekleidete Männer die Kapelle und alle Anwesenden erhoben sich. Die schwarzen Gestalten nahmen den Sarg und trugen Papa und den listigen Schlauch durch den seitlichen Eingang. Ich realisierte, dass wir nun folgen sollten. Aaron kam nicht mit, auch viele andere Anwesende verließen die Kapelle.
Meine nicht ganz richtige Mama hatte eine ganz besondere Überraschung für uns alle parat. Sie stellte einen CD-Player auf Papas Sarg und drückte umgehend die Taste „Play". Es ertönte eine Musik, die ich noch nie gehört hatte. Die verbliebenen Anwesenden schienen ebenso überrascht, beließen es aber bei einem ungläubigen Blick in die Runde. Als der Song aufhörte, flüsterte mir meine zweite Mama ins Ohr, dass es Patty Griffin mit „Long ride home" gewesen sei. Sie erklärte, dass sie den Song das erste Mal gehört habe, als sie Papa traf.
Ich flüsterte zurück, dass ich mich daran noch erinnern könne. Da ich eine Bestätigung erhalten wollte, fragte ich, ob das nicht der Zeitpunkt

gewesen sei, wo meine richtige Mama sich immer abends fragte, warum Papa nicht nach Hause käme. Die Lippen der Patty Griffin-Liebhaberin verengten sich. Sie brach die Unterhaltung daraufhin mit mir ab.

Als nächstes richtete sie ihre Sonnenbrille und nahm den CD-Player von Papas neuem Zuhause. Einer anderen Frau gefiel der Song derart gut, dass ich hören konnte, wie sie sagte, dass Papa auch ihr den Titel vorspielte, als sie sich getroffen hatten. Meine zweite Mama nahm ihre Sonnenbrille ab und schaute der Frau, die ihre Musikauswahl lobte, in die Augen. Sie äußerte Worte an diesem friedlichen Ort, die unanständig gewesen sind.

Ich ließ mich wieder zurück fallen und folgte der Karawane in sicherem Abstand an der Seite meiner richtigen Mama, die sich stets im Hintergrund hielt. Ich fragte in einem äußerst leisen Tonfall, ob sie das Lied gekannt habe. Mama kannte es nicht. Das stimmte mich auf eine bestimmte Art und Weise zufrieden.

Wir waren da. Papa durfte nun einziehen. Der Rohbau erstreckte sich auf eine Grundfläche, die mir für die Ausmaße von Papa etwas zu kleinlich bemessen schien und hatte eine Tiefe von ca. zwei Metern. Der Aushub wurde jedoch fachmännisch durchgeführt und ließ keine Zweifel daran, dass Papa sich hier wohl fühlen wird.

Als Papa langsam eingelassen wurde, vergaß die CD-Spielerin, dass sie für eine lange Zeit mit Papa zusammen war. Sie drehte sich um und hinterließ einige Fragezeichen, als sie mit ihren klackernden Lackschuhen den Rückzug antrat.

Meine Mama pustete einmal durch und bat den Pfarrer, fortzufahren. Doch als wir im Hintergrund ein lautes Knallen hörten, wurde auch dieses Vorhaben vorerst verweigert. Papas letzte Liebe hatte einen ganz besonderen Abgang für sich bereitet.

Der CD-Player hatte sich zu einem Schrotthaufen entwickelt und die gute Patty Griffin wurde ins Gebüsch gefeuert, weil die Lackschuhträgerin sie zurücklassen wollte, auf ihrer langen Fahrt nach Hause.

Das Beste kam zum Schluss. Mama hatte eine reichliche Auswahl an unterschiedlichen Tortenvariationen bestellt. Als wir und die letzten Teilnehmer der Friedhofsgemeinschaft in dem kleinen Dorf-Cafe Platz nahmen, verstrich keine lange Zeit, bis unsere kleine Gruppe ergänzt wurde. Einige Dorfleute setzten sich zu uns an den Tisch und drückten meiner Mutter scheinheilige Karten in die Hand. Diejenigen, die keine Karten dabei hatten, verteilten mitleidige Küsse und Umarmungen. Dann sah ich sie die leckere Erdbeersahnetorte verdrücken, deren Geruch durch den Eingang hinaus in das Dorf getragen wurde.

Ich stellte mir vor, dass sich in der Pfirsich-Maracuja-Torte ein gemeiner Schlauch niedergelassen hat und ad hock wie eine listige Schlange zuschnappen könnte. Aus diesem Grund fürchtete ich den Verzehr der Torte, da diese noch nicht angeschnitten worden war.

Aaron tauchte nicht mehr auf, wahrscheinlich verspürte er hier nicht die Sicherheit, die er brauchte.

Jemand rief meinen Namen. Ich drehte mich um und wunderte mich. Bei seiner Neugierde und seinem Eifer, immer alles wissen zu müssen, bestieg er vor zwei Wochen sogar seine Leiter. Mein damaliger Nachbar hob seine Tasse Kaffee, wo vielleicht das ein oder andere Tröpfchen Schuss mit dabei war. Zumindest wurde dies im Dorf erzählt. Jetzt ließ er keinen Zweifel daran, dass er mit mir reden wollte. Ich tat ihm den Gefallen, denn er hatte sich in Bezug auf mein Fahrrad äußerst kooperativ gezeigt.

Ich setzte mich neben ihn, sodass er mir sein Beileid ausdrücken konnte. Ich sagte, dass es nicht seine Schuld sei, dass Papa vom listigen Schlauch umringt worden war. Er konnte mit meinen Worten nichts anfangen.

Er sagte, dass er nicht wisse, was er darauf antworten soll. Ich versprach ihm, nicht böse zu sein, wenn er einfach schweige.

Er nahm einen weiteren Schluck aus der Tasse und war die erste anwesende Person, die sich traute, die Pfirsich-Maracuja-Torte anzuschneiden. Ich sagte, dass er vorsichtig sein soll. Er sprach, dass da drin ja wohl keine Würmer seien. Ich schmunzelte und flüsterte, dass es wohl keine Würmer seien, aber vielleicht ein listiger Schlauch und dass Papa ihn nicht mehr in der Hand halte.

Er nannte mich „Junge" und schüttelte dabei den Kopf. Der Nachbar hatte scheinbar zu viele Arztserien gesehen, weil er die makellose Tortenoberfläche einem chirurgischen Eingriff unterzog und ein Tortenstück auf seinen Teller fallen ließ.

Ich sprang unter den Tisch, weil ich den Schlauch erwartete. Dieser wollte nicht aus seinem Versteck. Stattdessen erschrak die alte Ruth vor mir, die ohnehin bekannt dafür war, ängstlich zu sein. Sie prustete ein Tortenstück aus, während ich wieder unter dem Tisch hervor kam.

Mama schob mich zur Seite und wollte mir ins Gewissen reden. Sie meinte, dass wir nur noch ein paar Momente durchhalten müssten, dann wäre alles vorbei und wir könnten nach Hause fahren. Ich nickte und sagte, dass sie aber aufpassen müsse, denn der Schlauch könnte sich in der Torte versteckt haben.

Mein Nachbar verwies auf den Platz neben sich und meinte, dass ich mich wieder setzen könne. Er schien unbefangen von mir zu sein. Er reichte mir einen Teller mit einem Pfirsich-Maracuja-Tortenstück, das er in einem weiteren Prozedere vom Gesamtstück rausgeschnitten hatte. Er meinte, dass es gut schmecke. Ich stattdessen nahm das Tortenmesser und stach in die ganze Torte, weil ich nicht glauben konnte, dass der listige Schlauch genug hatte und seine Verfolgung aufgab.

Mein Nachbar beruhigte andere Anwesende, die sich vor Schreck die Hände vor den Mund hielten. Scheinbar war ihren gefräßigen Mäulern jeglicher

Appetit vergangen. Er meinte, dass er hier ein Stück für mich habe und er mich beruhigen könne, da der Schlauch nicht in der Torte wäre.
Ich rief, dass das unmöglich sei. Als ich ihm dabei ins Gesicht schaute, krabbelte Andy über seinen Arm und rasselte dabei mit den Scheren, dass es wieder eine wahre Pracht war. Gerade hatte ich noch Andys Dasein genossen, da keimte in mir der Gedanke auf, dass er Vergeltung suchte.
Instinktiv griff ich nach dem Lätzchen, das sich mein Ex-Nachbar geformt hatte und knotete es auseinander. Ich legte es dem ehemaligen Nachbarn um den Hals und begann fest zu ziehen, damit ich dem rachewütigen Andy endgültig den Gar ausmachen konnte.
Die Prozedur währte nicht lange, weil der Nachbar mich nicht unterstützen wollte und stattdessen um sich schlug. Als seine Faust ihr Ziel fand, musste ich loslassen. Ein paar hysterische Weiber kreischten und liefen aus dem Cafe. Mein Ex-Nachbar rief Dinge, die unnötig waren und als wenige Minuten später meine Freunde von der Polizei auftauchten, weil sie wohl immer zu arbeiten schienen, wusste ich, dass sich kein listiger Schlauch in der Torte befand.
So setzte ich mich auf den Stuhl und genoss das Stückchen Pfirsich-Maracuja-Torte, das wegen der ganzen Aufruhr, nur noch einer Tortenpastete glich.
Andy hatte sich verpisst.

Die Fragerunde sollte bald eröffnet werden. Doch bevor es dazu kam, begrüßte ich meinen jungen Kumpel von der Polizei, mit dem ich sogar per „Du" war, indem ich ihm das schönste Stück Pfirsich-Maracuja-Torte anbot, das ich aus dem Matschhaufen vor mir retten konnte.

Meine Mutter konnte nicht nachvollziehen, dass sich der junge Polizist über mich freute, als er das Cafe betrat. Ich sah, wie mein Ex-Nachbar von dem anderen Polizisten vernommen wurde, der damals mein Zimmer durchsuchte und sich nicht die Kugel geben wollte.

Mein Kumpel bedankte sich für das Tortenstück, das ich ihm reichte. Dabei sah er in Richtung meiner Mutter, als ob diese ihm erst ein „Okay" für das Verzehren des Stücks geben musste.

Er meinte, dass die Torte ausgezeichnet schmecke. Ich entgegnete, dass es daran liege, dass der listige Schlauch verjagt worden war. Er nannte mich „Großer" und fragte, was ich von dem Mann hinter uns gewollt habe. Ich freute mich über seine Wortwahl. Da ich ihm scheinbar alles anvertrauen konnte, erzählte ich ihm von Andy, der zu lange badete und nicht mehr zwinkern wollte. Außerdem erwähnte ich, dass er seinen Tod vorgetäuscht habe, um heute Rache zu nehmen.

Ich fügte dann noch hinzu, dass Andy am Hals des Nachbarn krabbelte, sodass ich handeln musste, weil die Polizei nicht vor Ort war. Gut, das mit der Polizei war vielleicht etwas dick aufgetragen, aber es hörte sich plausibel an.

Mein Kumpel schrieb fleißig mit und nickte, weil er mich verstand. Als er keine weiteren Fragen mehr hatte, sagte er, dass ich so etwas nicht mehr machen dürfe, weil nicht jeder so rücksichtsvoll sei wie Herr Wild, der auf eine Anzeige verzichte.

Mein Kumpel spielte jetzt den harten Bullen. Ich fragte, ob ich in Zukunft also erst die Polizei rufen müsse. Er äußerte, dass ich vielleicht erst einmal überlegen solle, ob mein Handeln gerechtfertigt sei. Dann zeigte er auf sich und den Fotografen und sprach, dass ich sie anrufen müsse, falls irgendwann mal wieder Gefahr drohe.

Er hatte schon recht, auch wenn ich wusste, dass es für meinen Ex-Nachbarn zu spät gewesen wäre. Was folgte, war ein mehrminütiges Gespräch der Polizisten mit meiner Mama, die wild gestikulierte und mich dabei etwas an meine Ersatzmama erinnerte.

Als auch dies zu Ende gebracht wurde, waren schon längst alle Gäste gegangen. Sie konnten von einem ereignisreichen Tag erzählen, der die Dorfgemeinschaft beschäftigen, und insbesondere das kleine Wirtshaus mit dem goldenen Krug auf dem Dach das ein oder andere Bier kosten sollte.

Draußen warteten keine Schaulustigen mehr auf uns, als Mama, der Ex-Nachbar, die Polizisten und ich den Sommertag beenden wollten. Ich genoss die ausklingende Wärme, die das Dorf durchzog, während mein Ex-Nachbar schwitzte.

Er würdigte mich keines Blickes mehr. Ich hatte mich damit abgefunden, von ihm kein

„Dankeschön" zu erhalten, weil ich ihm das Leben retten wollte.

Meine Mama zeigte sich einsichtig und umarmte den Ex-Nachbarn. Dieser nickte und versicherte, wie Mama mir später bestätigen sollte, dass er keine rechtlichen Schritte in Erwägung ziehe. So gut es jetzt auch um mich stehen mochte, einen kleinen Wehrmutstropfen hatte die gesamte Sache dann doch.

Die Gutmütigkeit meines ehemaligen Nachbarn hatte ihre Grenzen. Er meinte, dass Mama ihm versprechen müsse, dass eine sogenannte „professionelle Hand" sich um mich kümmern wird.

Als wir im Auto saßen, fragte ich Mama, was sie ihm auf seine Bitte geantwortet habe. Sie sagte, dass wir das in aller Ruhe besprechen werden.

Ich merkte, dass sie nicht in der Stimmung war, sich auf mein Gelaber einzulassen und ich dachte, dass ich ihr durch meine gescheiterte Rettungsaktion genug Kummer bereitet habe.

Ich drückte auf mein Sakko und spürte, dass sie noch an derselben Stelle war, wohin ich sie vorhin verfrachtet hatte. Ich holte sie hervor und polierte die Oberfläche mit meinem Hemd, sodass ich sicherstellen konnte, dass ihre Beschaffenheit glänzte. Meine Mutter fuhr tatsächlich immer noch mit diesem altertümlichen Gerät herum und heute sollte es noch einmal eine Aufgabe bekommen. Ich wollte Mama nicht daran teilhaben lassen, als ich Patty Griffin in den Player aus einer vergangenen Zeit legte und „Play" drückte.

Ich schaute in den Rückspiegel und hatte dabei Kopfhörer auf, weil ich im Gegensatz zu meiner ehemaligen Mama, niemand anderen an den Klängen teilhaben lassen wollte. Ich wollte verstehen, warum Papa diesen Song mehreren Frauen vorspielte, während Mama auf ihn wartete.
Wir verließen langsam das Dorf, als Patty Griffin mir zuflüsterte, dass ich etwas Zeit hatte über ihn nachzudenken, auf meiner langen Fahrt nach Hause.

Die größte Hitze war bereits verschwunden, als Mama das Auto in der Einfahrt parkte und ich Patty Griffin ein neuntes Mal ihren Song singen hörte, weil ich die Wiederholungstaste angewählt hatte.
Zwischen den Zeilen hörte ich eine Stimme, die mir verriet, welchen Punkt ich noch ergänzen sollte. Ich rannte die Treppe nach oben und hinein in mein Zimmer. Auf dem Schreibtisch lag das Schriftstück, das von mir noch nicht beendet worden war.
Als letzten Punkt schrieb ich, dass ich den nimmer satten Andy mit dem Lätzchen des Ex-Nachbarn bändigen wollte, dabei aber versagte. Die Kehrseite der Medaille war, dass ich nicht wusste, was „nimmer satt" und „Lätzchen" auf Englisch hieß. Da auch mein Internetübersetzer keine Ergebnisse lieferte, formulierte ich den Satz um.
Ich schrieb, dass ich den rasselnden (rattling) Andy mit der Serviette (napkin) unter Kontrolle (under control) bringen wollte, dabei aber scheiterte

(failed), weil mein Ex-Nachbar (ex neighbor) um sich schlug (lashed). Ich heftete den fertigen Aufsatz ab und ging meine geschriebenen Punkte noch einmal durch. Es freute mich, dass ich keine wichtigen Informationen ausgelassen hatte.
Mama kam herein und fragte, ob ich heute noch etwas essen wolle. Ich verneinte und verwies auf die leckere Pfirsich-Maracuja-Torte, die auch meinem Kumpel von der Polizei schmeckte. Sie wollte mit mir über Aaron reden, doch ich versicherte ihr, dass es da nichts zu Bereden gäbe. Ich erklärte Mama, dass Aaron ein kleiner Junge sei, der einfach viel zu viel Freizeit habe und sich viel zu sehr für mich interessiere. Ich schilderte Mama, dass er selbst vorhin unter den Anwesenden gewesen sei. Mama meinte, dass sie sich darüber auch gewundert habe. Sie erinnerte mich an eine Zeit, als Aaron und ich befreundet waren.

Sie wusste nicht, dass ich ihm einmal 5€ klaute, weil er meinte, dass seine Eltern zu viel Geld verdienen. Wäre er ein armer Schlucker gewesen, hätte ich es gelassen. Da er sich aber schon immer als „Bonze" aufführte, war es mir egal.
Vor einiger Zeit kauften wir in dem kleinen Dorfladen ein Eis. Aaron wollte, dass ich ihm dabei zusehe, wie er das Eis verschlang.
Er sagte, dass ich mir den Geschmack doch auch denken könne, dann bräuchte ich kein eigenes Eis. Das bekam der Kaufmann mit. Er steckte mir ein Eis zu und sagte, dass ich es niemandem erzählen solle. Es war zwar ein kleines Eis, doch es erfüllte

seinen Sinn, mich zufrieden zu stellen. So kehrte ich mit meinem Eis am Stiel zum wartenden Aaron zurück. Er erblickte mein Eis und lachte mich aus. Er meinte, dass ich mir ja noch nicht einmal ein vernünftiges Eis leisten könne. Er zeigte auf sein Eis mit der knusprigen Waffel und biss hinein. Sie schien verführerisch zu sein, doch ich sagte, dass mein Wassereis genauso gut schmecke. Er meinte, dass ich wohl ein „Opfer" sei, denn nur Opfer würden so etwas labern.

Ich schüttelte mit dem Kopf und erfrischte mich an meinem Eis, das der Kaufmann mir zur Verfügung gestellt hatte. Es schmeckte nach Erdbeere und Mango. Als Aaron sein Eis gegessen hatte, sagte er, dass er sich jetzt noch eins kaufen werde und informierte mich darüber, dass er dann noch immer „diesen" hier habe. Dabei schmiss er einen 5 Euro Schein in die Luft, sodass dieser wie ein kleiner Drache davon flog.

Aaron lachte darüber und winkte dem Geldschein hinterher. Er meinte, dass er darauf verzichten könne. Er hatte seinen Spaß daran, mir den zweiten 5€ Schein zu präsentieren, den er aus der anderen Hosentasche zauberte. Dann meinte er, dass ich damit wohl nicht gerechnet habe. Ich schüttelte wortlos den Kopf und hatte mein Eis zur Hälfte verbraucht, als Aaron im Kaufmannsladen verschwand, um sich eine zweite Eisportion zu gönnen.

Ich nutzte die Gelegenheit, die sich mir bot und holte den weggeworfenen 5€ Schein aus dem unweit entfernten Gebüsch. Nun setzte ich mich

wieder auf die Bank, um auf Aaron zu warten, der auch nur wenige Sekunden später wieder auftauchte.
Ich konnte mir ein Grinsen nicht verkneifen, da er sich ein noch größeres Eis gekauft hatte. Während des Sitzens erwähnte Aaron, dass darin sogar ein Kaugummi sei und es deshalb nur ein Eis für Leute wäre, die Geld besäßen.
Ich starrte auf die Verpackung, weil sie aus Pappe, und nicht aus Folie bestand. Deshalb schien es sich wirklich um ein besonderes Eis zu handeln. Aaron warf mir die Verpackung entgegen und sagte, dass ich sie vielleicht noch ausschlecken wolle. Dabei betonte er, dass er das nicht nötig habe, weil er den Inhalt in seinen vollen Zügen genießen dürfe.
Als ich meine Nase in die Pappe richtete, musste ich schlagartig niesen, weil der Inhalt derartig künstlich roch, dass ich nicht traurig darum war, kein Kaugummieis zu besitzen.
Aaron fragte, was ich denn für ein Behinderter sei, der beim Eis essen niesen müsse. Ich wollte ihm den Appetit nicht verderben und sagte, dass ich etwas erkältet sei.
Er meinte, dass das Eis jetzt nicht mehr schmecke und ich ihm eine neue Packung kaufen soll. Ich gab vor, kein Geld mehr zu haben. Er meinte, dass das typisch für Leute wie mich sei und er sich das bereits gedacht habe. Er verwies auf seinen Vater, der meinte, dass arme Menschen immer so lange betteln, bis Leute wie er für sie einspringen.
Aaron rief, dass ich das Eis dann klauen müsse. In seinem Blick konnte ich erkennen, dass es keine

Alternative gab. Er sagte, dass ich mir das nehmen müsse, was ich nicht zahlen könne.

Ich sagte, dass es doch eine Leichtigkeit für ihn sei, sich ein neues Eis zu kaufen. Er lachte mich aus und sagte, dass das wohl richtig sei, er aber sehen wolle, ob ich wirklich so ein großes Opfer wäre, für das er mich halte. So erhob ich mich und verschwand in dem kleinen Dorfladen, um eine mittlerweile dritte Portion Eis zu kaufen. Beim Bezahlen sagte ich dem Kaufmann, dass er das Wassereis verrechnen dürfe und reichte ihm den 5€ Schein. Der Kaufmann musterte mich und fragte, ob ich meiner Mama sagen könne, dass sie morgen mal in den Laden kommen soll.

Ich war erstaunt und wusste zunächst nicht, welches Ziel er damit verfolgte. Schließlich erklärte der Kaufmann, dass ich das nächste Mal mit einem echten Geldschein bezahlen müsse, wenn die Polizei nicht kommen soll. Er ergänzte, dass er das Eis anschreiben werde und meine Mama es morgen bezahlen könne.

So hielt ich zwei Pappschachteln in der Hand und vernahm, dass Aaron nicht mehr da war. Er schien ebenso wie die Blüte, die ich gerade dem Kaufmann andrehen wollte, eine falsche Partie zu sein.

Ich wollte meiner Mutter nicht die Wahrheit über Aaron und dessen Vorliebe für Falschgeld offenbaren, denn dann hätte ich Aaron verpfeifen müssen und ich wusste, dass seine Eltern ihn dann wohl kräftig geschlagen hätten. Auch jetzt, einige

Jahre später, wäre das nicht verjährt gewesen. Ich begnügte mich damit, der Junge zu sein, der zwei Eispackungen mit einer Geldschein-Blüte bezahlen wollte, obwohl er nicht der rechtmäßige Besitzer dieser gewesen ist.

Mama sagte, dass wir langsam damit beginnen sollten, über das Erlebte zu sprechen. Ich erinnerte sie daran, dass wir seit Tagen nichts anderes täten, als darüber zu reden. Zuerst musterte sie mich nur. Schließlich sagte sie, dass wir gemeinsam vielleicht einen anderen Weg gehen sollten. Ich fragte, ob wir umziehen werden. Sie sagte, dass sie darüber nachgedacht habe und dass sie mir nicht zumuten wolle, eine andere Schule zu besuchen. Sie hatte recht, leichter als an meiner jetzigen Schule sollte es wohl nirgends sein.
Mama erläuterte, dass sie einen Termin bei einem Psychologen vereinbaren wird. Sie betonte, dass sie darauf bestünde, mit mir gemeinsam dorthin zu gehen.
Ich wusste nicht, was Mama sich davon versprach. Trotzdem stimmte ich ihrem Vorhaben zu, um sie nicht zu enttäuschen. Mama strahlte mich an und betonte, wie sehr sie sich darüber freue, dass ich mich so kooperativ zeige. Ich fragte, ob ich mir etwas wünschen dürfe, wenn ich mit ihr dorthin ginge.

Sie lächelte und sagte, dass ich mir alles wünschen dürfe, nur ob ich es auch bekäme, wäre eine andere Sache. Ich traute ihr nicht und sagte, dass jede Kooperation ihren Preis habe. Mama wurde hellhörig und fragte nach meinen Wunschvorstellungen.
Ich sagte, dass ich ein neues Fahrrad gebrauchen könnte. Sie erwiderte, dass alle fünfzehn Minuten die Busse fahren. Dafür benötige ich kein Fahrrad. Ich packte sie an der Hand und sagte, dass ich ein Fahrrad bekomme, sonst könne ich nicht mehr garantieren, dass der Andy sich von ihr fern hält.

Mama fragte provozierend, wer der Andy sei. Ich sagte, dass sie das wisse. Sie fragte, ob Andy immer noch dieser gekochte Hummer sei, von dem ich ihr erzählte. Ich bestätigte. Anstelle mich etwas sagen zu lassen, sprudelte es aus ihr heraus. Sie fasste zusammen, dass sie das also richtig verstanden habe, dass derselbe Andy auch vorhin den ehemaligen Nachbarn gewürgt hat. Ich sagte, dass sie es verstanden habe. Mama wollte in Erfahrung bringen, ob wir hier bei der Märchenstunde seien. Ich sagte, dass ich wünschte, dass es so wäre. Ich sollte ihr erzählen, wann Andy seinen nächsten Auftritt haben wird. Leider konnte ich ihr diese Frage nicht beantworten. Ich musste Mama erklären, dass Andy außer Kontrolle sei, seitdem er herausgefunden hatte, dass ich den Deckel zu seinem Grab angehoben habe.
Mama fasste sich an den Kopf und fragte, ob ich mir manchmal selbst beim Sprechen zuhöre. Ich

hatte keine Lust mehr auf ihr Gefasel und sagte, dass ich nun nach oben gehen werde. Sie wollte abschließend wissen, wie ein toter Hummer namens Andy immer noch Menschen bedrohen könne. Ich sagte, dass dies eine berechtige Frage sei und ich mir diese auch immer wieder gestellt habe. Mama wurde sehr neugierig und meinte, dass ich hoffentlich eine Antwort darauf gefunden hätte. Ich nickte und teilte ihr mit, dass Andy wohl ein Bewohner der kleinen Aschegemeinde sein müsse.

Ich ließ den letzten Knopf meines Hemdes offen, um nicht zu spießig am ersten Schultag in der Schule zu erscheinen. Mama wollte mich fahren. Ich bestand darauf, den Bus zu nehmen. Ich wollte Aaron abpassen, um ihn noch ein bisschen einzuschüchtern. Ich setzte mich diesmal nicht durch. Deshalb verließen wir um kurz nach sieben Uhr das Haus, damit ich wieder etwas lernen, und Mama von ihrem Chef aus dem Urlaub geholt werden konnte.

Mama sagte, dass das Hemd mir gut stände und dass ich den Knopf zumachen solle. Ich meinte, dass sie sich um ihre Sachen kümmern soll und ich ihr ja auch nicht sage, dass ihre Schuhe „dumm" aussähen. Sie fragte, was mit ihren Schuhen sei. Ich meinte, dass sie einfach „dumm" wären. Wir fuhren und fuhren. Auf halber Strecke trafen wir den Schulbus, den ich auch hätte nehmen wollen. Mama sollte mich an der nächsten Haltestelle raus lassen, damit ich ihn doch noch erwische.

Mama meinte, dass ich mich entspannen solle, da der erste Schulalltag anstrengend genug werden wird. So blieb ich sitzen.

Das Schulgebäude wirkte wie immer äußerst gepflegt. Ich wusste, dass über die Sommerferien neue Farbe an die Wand geklatscht werden sollte, doch dass das dem Schulleiter so gut gelingen sollte, hätte ich mir nicht vorstellen können. Da ich einer der ersten Typen an der Schule war, stellte ich mich vor die frisch gestrichene Wand und roch an der Farbe. Sie roch sehr intensiv und verursachte ein starkes Kribbeln in meiner Nase. Dummerweise wurde ich dabei von einem älteren Schüler beobachtet, der heimlich eine Kippe rauchte, um den Schulalltag besser ertragen zu können. Als er an mir vorbei ging, sagte er, dass ich mal etwas Richtiges durchziehen müsse.

Ich wusste nicht genau, was er meinte, bedankte mich aber für seine Offenheit. Er sagte, dass ich ihm nur sagen solle, was ich brauche und er kümmere sich um das „Ding". Da er meine Neugierde weckte, wollte ich mehr davon wissen. Ich fragte, was er mir anbieten könne. Er nannte Namen, die ich vorher noch nie gehört hatte. Ich fragte, was der „Spaß" denn koste. Anstatt meine Frage zu beantworten, schien er begriffen zu haben, dass ich ahnungslos war. Überraschenderweise wollte er meinen Namen notieren. Ich reichte ihm die Hand, die er nach kurzem Überlegen schüttelte. Er sagte, dass er jetzt wisse, wer ich sei und wo er mich fände. Ich antwortete, dass sich das ganz schön gefährlich anhöre. Er lachte und meinte, dass ich mir keine Gedanken machen müsse. Er klopfte mir auf die Schulter und sagte, dass er mir das erste Päckchen schenke. Er nannte es ein „Schulanfangsgeschenk". Seine Lippen waren weit auseinander gezogen, als er hinzufügte, dass ich für weiteren „Spaß" bezahlen müsse. Ich antwortete, dass ich das „korrekt" von ihm fände. Er reichte mir ein Tütchen mit Gras. Ich lächelte und fragte, ob er das Gras aus dem Schulgarten habe. Vermutlich dachte er in diesem Augenblick, dass ich ein richtiges Opfer sei. Er schien aber auch ein guter Geschäftsmann zu sein, da er geschmeidig blieb und erklärte, dass das Tütchen viel besser als das Schulgras wäre.

Ich fragte, was ich damit machen könne. Er zeigte mir eine Zigarette, in der Gras eingerollt war. Er erklärte, dass ich das Gras erst auf dem Papier verteilen müsse und dies etwas Übung benötige. Er zeigte mir einen Trick, wie ich das Blättchen einfacher falten könnte. Dabei teilte ich ihm mit, dass ich noch nie eine Zigarette geraucht habe. Er wedelte mit der Hand und sagte, dass das kein Problem sei. Er meinte, ich würde mich damit besser fühlen. Ich wollte ihn nicht belügen. Daher blieb ich ehrlich und entgegnete, dass es mir ganz gut ginge und ich einfach keinen Bock auf Schule habe. Er klopfte mir auf die Schulter und nannte mich „Kumpel". Dabei sagte er, dass er viele Kunden habe, die keinen Bock auf den Scheiß hier hätten. Er zeigte seine strahlend weißen Zähne und erklärte, dass alle ihn lieben. Er meinte, dass ich ihn auch lieben lerne, sobald ich den ersten Zug genommen habe. Dann reichte er mir zuerst das Grastütchen und gab mir zusätzliches Einpackpapier. Der tüchtige Grasverkäufer gab mir seine Handynummer und erklärte, dass er auch mittwochs in der Gegend sei. Dann verfinsterte sich seine Miene und er meinte, dass wir jetzt einen Deal hätten. Ich verstand nicht recht. Er versicherte mir, dass ich ein großer Teil von etwas werden könne, wenn ich mich nicht dumm anstelle. Ich verstand immer noch nicht. Da ich nichts dazu sagte, forderte er, dass ich meinen Mund halte und niemanden von unserem Treffen erzählen soll.

Ich sagte, dass ich gut darin sei, Dinge für mich zu behalten. Ich wollte ihm von Aaron erzählen, der mir eine Blüte andrehte und seit diesem Moment ein kleiner Hurensohn war. Leider interessierte das den fremden Grasverkäufer nicht. Ich fragte, wie er das mit den Lehrern mache. Dass sie ihm das einfach durchgehen lassen, konnte ich mir nicht vorstellen. Ich war sehr verwundert, als er ins Gebüsch spuckte und meinte, dass Lehrer Dreck seien. Da ich diese Meinung nicht teilte, fügte er hinzu, dass sie sehen, was sie sehen wollen und das sei nichts.

Er mahnte dennoch zur Vorsicht. Er gab mir den Tipp, nicht auf dem Schulklo oder dem Pausenhof zu rauchen. Ich hatte noch eine Anfängerfrage auf Lager. Ich fragte, zu welchen Uhrzeiten ich rauchen solle. Er sagte, nach der Schule, wenn ich zu Hause sei und morgen früh kurz nach dem Aufstehen.

Als der Schulbus kam, den ich eigentlich nehmen wollte, um Aaron anzutreffen, ging es sehr schnell. Der fremde Grasverkäufer sprintete durch die Büsche und war auf und davon. Nun wurde mir klar, dass Mama gut daran tat, mich heute zur Schule gefahren zu haben. Außerdem wurde nun deutlich, dass der Typ mit dem Gras kein Schüler war. Es schien so, als ob er von nun an das neue Schulgesetz werden wollte.

Mit dem Eintreffen des ersten Busses wurden auch die Schultüren geöffnet. Ich schlenderte mit einigen kleineren Kindern ins Innere und wusste, dass der Unterricht erst in zwanzig Minuten beginnen wird. Da die Toiletten um diese Uhrzeit noch als solche zu erkennen waren, kam mir während des Pinkelns der Gedanke, mal an dem Gras zu riechen. Ich war total gespannt, ob das Gras auch so in meiner Nase kribbeln würde wie der Neuanstrich der Schule.
Ich schloss mich in einer Toilettenkabine ein und öffnete das kleine Tütchen, welches ich in meiner Jackentasche versteckt hielt. Der Geruch war sehr intensiv. Ich tauchte in eine Welt der Gewürze ein, in der eine gehörige Portion „Süße" die dominanteste Form einnahm. Im ersten Moment wusste ich nicht, ob ich mit dieser Mischung glücklich werden würde, aber sie weckte in mir eine Neugierde, die ich unbedingt befriedigen musste.
Als es läutete, verstaute ich mein Gras wieder in dem kleinen Tütchen und ließ es in meiner Jackentasche verschwinden. Als ich die Toilette

verlassen wollte, steckte ich in Schwierigkeiten. Ich konnte die Tür nicht mehr öffnen.

Ich drückte mich gegen die Tür, ich zerrte an der Türklinke, doch ich kam nicht gegen die Kraft, die von außen ausgeübt wurde, an. Bei einem weiteren Versuch drückte ich mich wieder gegen die Toilettentür und spürte keinen Widerstand mehr. Deshalb flog ich aus dem Klohäuschen und landete vor dem Waschbecken, ohne mich mit dem Kopf an diesem gestoßen zu haben. Ich erblickte die zwei Gestalten, die vor mir standen und konnte nicht glauben, was ich zu sehen bekam. Einer von ihnen hielt einen Schlauch in der Hand.
Es war absurd zu sehen, dass Aaron einen listigen Schlauch bei sich trug und er meinte, dass ich erst einmal Klowasser trinken müsse, bevor ich in den Unterricht gehen kann.
Der andere Kerl, ein fetter Achtklässler, der nur eine Aufgabe hatte, wie ich gleich herausfinden sollte, machte sich sofort an die Arbeit und umschlang mich mit seinen Wurstarmen, sodass ich keine Chance auf eine Verteidigung hatte.
Aaron fragte, ob ich „den" noch kenne. Dabei schwang er den listigen Schlauch wie ein Lasso in der Luft herum. Der Schlauch hatte sein Aussehen verändert und war nun rot statt grün. Um uns hatten sich andere Schüler versammelt. Sie hatten schon immer ein Gespür dafür gehabt, wann es mal wieder etwas zu Bestaunen gab. Ein kleiner lustiger Junge, vermutlich aus dem Jahrgang 6, holte sein Handy hervor, obwohl Handys in der Schule

verboten waren. Er richtete die Kamera auf mich und filmte.

Aaron meinte, dass ich jetzt wohl etwas mehr Respekt vor ihm habe. In seiner Mimik erkannte ich, dass er bereit für einen Rollenwechsel war. Ich musste feststellen, dass sich Aaron und der listige Schlauch nur wenig voneinander unterschieden. Sie beide waren stille Beobachter und warteten auf den richtigen Moment, hinterlistig zuzuschlagen.

Aaron verließ nun seine Beobachterrolle und schlug mir mit dem Schlauch auf den Arsch. Der kleine Junge mit dem Handy lachte sich deshalb halb schlapp und vergaß dennoch nicht zu filmen. Dann wurde es unruhig. Manche Schüler rannten weg, andere wurden zur Seite geschoben. Ich hörte zwei tiefe Männerstimmen, die sich näherten. Glücklicherweise stammten sie von zwei Lehrern, die für Ordnung sorgen wollten.

Als sie vor uns standen, hatte Aaron den Schlauch bereits wieder in seinem Ranzen verstaut. Einer der Lehrer forderte, dass alle sofort rauskommen sollen. Aaron flüsterte mir zu, dass ich tot sei, wenn ich etwas sage. Doch er hatte keine Ahnung, dass er bereits in diesem Moment gefickt war.

Einer der Lehrer half mir beim Aufrichten und fragte, was hier los sei. Ich spielte ihnen vor, hysterisch zu sein und weinte, sodass selbst der fette Wurstfingertyp staunte.

Ich war tatsächlich froh, wieder vernünftig atmen zu können und nicht mehr den schweißigen Armen des Typen ausgesetzt zu sein.

Der zweite Lehrer trat nun in den Vordergrund und sagte, dass ich mich erst einmal setzen solle. Er zeigte auf die Bank außerhalb der Jungentoiletten, die schon seit längerer Zeit zu einem Kunstwerk geworden war, weil viele Schüler ihre Geschichten auf dieser verewigt hatten.

Nun konnte ich dem Lehrer eine ungeheuerliche Geschichte präsentieren. Nachdem ich dem Lehrer den Vorfall schilderte, ging dieser zu seinem Kollegen und flüsterte ihm etwas ins Ohr.

Der Lehrer, der gerade die Infos erhalten hatte, zögerte keinen Augenblick und ließ Aaron seine Schultasche öffnen.

Aaron holte unter Tränen den listigen Schlauch hervor. Er glänzte rot und schien erst neu gekauft worden zu sein. Ich hoffte, dass Aaron nicht mit Blüten bezahlte.

Aaron hatte aber noch ein Überraschungsgeschenk in seinem Schulranzen, das der listige Schlauch ausgekotzt hatte. Aaron entglitten sämtliche Gesichtszüge, als er ein Tütchen „Gras" aus seinem Ranzen fischte.

Ich schrie, dass er mir genau das verkaufen wollte. Sofort fügte ich hinzu, dass der Fette mich

festhalten sollte, weil ich ihnen sagte, dass ich es nicht kaufen werde.
Beide Lehrer wussten, dass sie ein Problem hatten. Der eine Lehrer kannte Aaron. Er meinte, dass er das jetzt nicht glauben könne. Der andere Lehrer war da etwas mutiger und fragte Aaron direkt, was das bei ihm zu suchen habe. Aaron konnte nicht antworten, weil er nur Augen für mich hatte. Ich saß auf einer Bank, die bereits einige Geschichten zu erzählen hatte und glaubte langsam an einen positiven Ausgang meiner Geschichte. Nachdem er mir lange genug in die Augen schaute, wollte Aaron durchdrehen und schrie, dass ich ein Versager wie mein Vater sei. Weil Aaron seine Klappe nicht halten konnte, wurde er von dem einen Lehrer zur Schulleitung gebracht. Das Ganze hinterließ ein sagenhaftes Echo in der Schulaula, da die Normalsterblichen bereits seit zehn Minuten im Unterricht saßen.

Mit einem Lehrer auf einer Bank zu sitzen, ist eine ungewöhnliche Situation. Entweder hatte man was ausgefressen oder man war ein Opfer. Ich war Opfer und Täter zugleich.
Der Lehrer sagte, dass ich mir keine Gedanken machen solle und dass ich alles richtig gemacht habe. Ich erklärte, dass ich in den Unterricht müsse, und etwas vorbereitet hätte, was noch abgegeben werden muss.
Der Lehrer gab mir die Erlaubnis in den Unterricht zu gehen. Jedoch fiel ihm ein, dass er vergessen hatte, mich nach meinem Namen zu fragen. Als ich

ihm diesen mitteilte, schaute er mich erschrocken an und schien mehr über mich zu wissen, als ich ihm zuerst zutraute.

Als er keine Worte mehr herausbrachte, nutzte ich die Gelegenheit ihm zu sagen, dass er mich ruhig „Andy" nennen könne.

Ich ließ ihn auf der Bank sitzen und ging die Aula hinauf. Dabei wusste ich, dass ich viel zu spät dran war.

Ich klopfte an die Tür und öffnete sie. Alle schienen gerade einen Aufsatz zu schreiben, was mich nicht weiter verwunderte. Meine Klassenlehrerin schaute mich kommentarlos an. Auch viele meiner Mitschüler legten den Stift beiseite und gafften mir entgegen. Ich fragte, ob ich wieder gehen soll. Meine Lehrerin schüttelte mit dem Kopf und sagte, dass es sie freue, mich zu sehen, obwohl ich zwanzig Minuten zu spät sei. Ich ließ meinen Blick durch die Klasse wandern und bemerkte, dass Aarons Stuhl tatsächlich leer geblieben war.

Sie fragte, vermutlich um etwas Normalität in die Sache hineinzubringen, ob ich wisse, ob Aaron krank sei, weil einige Schüler ihn heute früh im Bus gesehen hatten. Ich sagte, dass es zwischenzeitlich zu „Komplikationen" gekommen sei.

Stephen, ein Freund von Aaron, flüsterte dem Tischnachbarn was ins Ohr, als ich „Komplikationen" sagte. Ich denke, er wollte mich lächerlich wegen meiner Wortwahl machen. Ich sagte zu Stephen, dass er einfach mal sein „Maul"

halten soll. Daraufhin fragte er, ob ich „kleiner Pisser" ein Problem hätte. Ich sagte ihm, dass seine Mutter das Problem sei, weil sie ihn ausgequetscht hatte.
Die Klasse raunte, woraufhin Stephen „Pause" rief. Dabei zeigte er mit seiner rechten Faust in meine Richtung. Unsere Lehrerin trat in den Vordergrund und verteilte uns jeweils eine gelbe Karte. Diese legte sie bei mir und Stephen auf den Tisch.
Ich saß in der ersten Reihe. Aaron sagte einmal, dass nur „Loser" in die erste Reihe gehören und dabei stimmte er auch gleichzeitig an, dass die erste Reihe und ich ein perfektes Paar seien.
Als ich mich einmal im Bus nach hinten setzen wollte, waren alle Plätze bereits reserviert, obwohl nur wenige Leute auf ihnen saßen. Zwei große 10 Klässler verkauften für 0,50€ die hinteren Plätze. Ich zahlte auch einmal die Parkgebühr, um, wie ich dachte, kein Loser mehr zu sein. Als ich dann hinten saß, fühlte es sich auch nicht anders als auf den vorderen Plätzen an, und so überließ ich anderen den Platz. Man hatte aber die Möglichkeit, ein vergünstigtes Monatsticket zu erwerben, sodass man rein rechnerisch nur 0,30€ pro Heimfahrt zahlte. Das Geschäft schien richtig gut zu laufen, denn es saßen immer dieselben Leute hinten. Offenbar waren die Plätze ihnen das wert. Natürlich sorgten die 10 Klässler dafür, dass auch jeder rechtmäßige Inhaber zu seinem Sitz kam. Ich bekam einmal mit, dass ein Junge aus dem Bus getreten wurde, weil er nicht aufstehen wollte.

Dummerweise wusste der kleine Kerl nichts davon, dass er sich auf einem „Privatgelände" befand.

Als es zur zweiten Stunde läutete, verkündete unsere Lehrerin die nächste Aufgabe, die genauso ausfiel, wie ich prophezeit hatte. Nachdem einige stöhnten und gelangweilt schienen, nahmen sie doch den Block wieder hervor und bekamen zur Unterstützung ein Wörterbuch gereicht, sodass problematische Vokabeln rausgesucht werden konnten. Natürlich hielt ich auch eines dieser Bücher in der Hand und blätterte darin. Ich erkannte, dass irgendjemand einen Penis im Bereich „ad" gemalt hatte. Darunter ließ er alle wissen, dass er das Prachtstück vor vier Jahren veröffentlicht hatte. Seitdem hatte das Kunstwerk wohl viele Schülerhände durchlaufen. Meine Lehrerin stand direkt hinter mir, als ich den Penis bewunderte. Sie räusperte sich und meinte, dass Penis auf Englisch „penis" heiße. Ich hasste ihre wichtigtuerischen Scherze. Vermutlich machte sie dies nur, weil sie sonst nichts zu melden hatte. Zu Hause war sie bestimmt eine ganz kleine Flamme. Ich bedankte mich (natürlich auf Englisch) und sagte dem sich schlapp lachenden Stephen, dass er unter „v" suchen solle, da das englische Wort „vagina" nicht in dieser Rubrik auftauche. Das fand selbst meine Lehrerin so amüsant, dass sie kurz schmunzeln musste. Stephen wusste, was er zu tun hatte.
Er stand auf, stellte sich vor meinen Stuhl und schrie, dass ich doch kommen soll. Er legte eine

richtige Show hin, indem er mit den Füßen gegen den Stuhl trat. Unsere Lehrerin sagte in einem ernsten Ton, dass er sich sofort wieder setzen solle und legte eine rote Karte auf seinen Tisch. Stephen musste vom Platz.
Als meine Lehrerin mit Stephen vor der Klassentür verschwand, nutzte ich die Gelegenheit, um meine Aufsätze aus dem Ranzen hervor zu holen.
Als beide kurze Zeit später wieder den Klassenraum betraten, war die Stunde auch schon weit fortgeschritten. Ich konnte meine beiden Aufsätze fristgerecht abliefern.
Kurz vor dem Verlassen der Klasse meinte meine Klassenlehrerin noch ein paar Argumente loswerden zu müssen. Als die anderen Mitschüler gegangen waren, wollte mir meine Klassenlehrerin mitteilen, dass sie wisse, dass ich durch eine schwere Zeit gehe. Ich antwortete, dass ich mich wieder fangen werde.
Auf dem Weg zum Pausenhof bemerkte ich, dass Stephen nicht gelogen hatte. Er wartete auf mich hinter der nächsten Ecke.
Ich musterte ihn und bemerkte, dass er kurz davor war, die Fassung zu verlieren. Er hielt eine Hand vor den Mund, um nicht losbrüllen zu müssen. Ich winkte ihm zu. Als wir die Außentreppe des Ganges runter liefen und uns vor Blicken anderer sicher fühlten, forderte Stephen, dass ich ihm für das Ablenkungsmanöver ein Brötchen kaufen soll. Ich nickte und so gingen wir auf den Pausenhof, damit ich ihm seinen Anteil geben konnte. Sicher, Stephen war ein Kumpel von Aaron. Aaron wusste

jedoch nicht, dass Stephen Geld und kleine Deals unter Nachbarn noch mehr bevorzugte.

Mama wiederum bevorzugte es, mich zu kontrollieren. Vor allem wenn sie meinte, dass ich mich in eine problematische Lage gebracht habe. Kurz nachdem ich mich in ihr Auto setzte, wollte sie wissen, was mit mir passiert sei. Sie zeigte auf den blauen Fleck über meinem linken Auge. Ich erzählte, dass Aaron und ich eine Meinungsverschiedenheit gehabt haben. Sie fragte, ob man das heute so nenne, wenn man sich prügelt. Ich sprach die Wahrheit und sagte, dass ich nur auf der Toilette gesessen hatte und am Rausgehen gehindert wurde. Ich bat Mama, sich keine Sorgen zu machen.

Sie fragte, wo die Lehrer zu dem Zeitpunkt gewesen seien. Ich schilderte ihr die Story mit den beiden Lehrern. Mama war sauer, dass sie nicht informiert wurde. Sie wollte aussteigen und Radau in der Schule veranstalten. Ich konnte sie davon abbringen, weil ich ihr offenbarte, dass sie mich damit vor allen Schülern bloß stellen würde.

Mama wollte wissen, wie es um Aaron bestellt sei. Ich erklärte, dass sie sich um den keine Sorgen mehr machen müsse, weil Andy für Gerechtigkeit gesorgt habe.

Die Drogen, die Aaron bei sich trug, werden ihm nun ziemlichen Ärger bereiten, so schilderte ich. Mama dachte, dass ich sie auf den Arm nehme.

Ich schwor, die Wahrheit zu erzählen. Zwar verfügte diese über gewisse Ecken und Kanten, ganz falsch war sie trotzdem nicht.

Mama wollte bei Sommers vorbei fahren, weil sie mir nicht glauben konnte. Bevor sie den Schlüssel im Zündschloss umdrehte, schaute sie mich so an, als wollte sie mir eine zweite Chance geben, die eigentliche Wahrheit zu sagen.
Ich versuchte hinzuzufügen, dass Aaron und seine Mutter bereits wohl genug Ärger hätten, doch Mama wollte nicht auf mich hören. Sie tippte eine Straße in das Navi ein, woraufhin eine Frauenstimme „Wenn möglich, bitte wenden" sprach. Blöd daran war, dass es für eine Kehrtwende bereits zu spät war.
Ich solle erst einmal nichts sagen und mich im Hintergrund halten, hatte Mama während der Fahrt geäußert. Vor dem Eingangstor wurden wir schließlich von einer Kamera begrüßt, die den Eingangsbereich sicher gestalten sollte. Im Falle einer schnellen Erstürmung des Geländes, wäre sie trotzdem das erste Opfer gewesen. Nachdem Mama den Klingelknopf betätigte, setzte sich die Kamera in Bewegung und hielt bei uns inne, sodass ich spontan einen kleinen Winkgruß absetzten musste. Mama fand das überhaupt nicht komisch und sagte, dass ich mich zusammenreißen soll. Die Kamera entschied, dass wir eintreten durften.
Aaron hatte nicht gelogen. Seine Eltern schienen ordentlich Geld zu haben. Ich hatte in meinem ganzen Leben noch nie so einen perfekt gemähten Rasen gesehen. Daher hätte ich es nicht über das Herz bringen können, mit meinem Kettcar darüber zu fahren. Auf der linken Seite erstreckten sich Bäume, die in den unterschiedlichsten Formen

geschnitten worden waren. Was jedoch vor diesen lag, war ein Albtraum.

Es musste das Ende sein. Mama sah ihn auch und fragte, ob ich okay sei. Ich schrie, dass sie uns umbringen wollen. Als ich wegzurennen versuchte, hielt mich Mama fest. Sie machte aus mir erneut ein Plüschtier, das sie schütteln musste. Sie konnte die Gefahr offensichtlich nicht einschätzen.

Mama fragte, was denn los sei und bekam augenblicklich selbst Panik, weil ich mich aus ihrer Umklammerung befreite.

Ich stürmte auf den listigen Schlauch zu, der nun eine gelbe Identität aufwies. Während ich versuchte, das Herz des miesen, listigen Schlauchs zu finden, trat ich immer wieder auf ihn ein.

Mama konnte nur zusehen, wie ich mich auf den Schlauch stürzte und in ihn reinbiss, um zu sehen, was er zu bieten hatte. Er war bereits tot. In ihm schlummerte kein Leben mehr.

Aarons Mama konnte es nicht akzeptieren, dass ich sie vom listigen Schlauch befreien wollte. Während meine Mama und Aarons Mama vor mir standen, roch ich an dem perfekt gemähten Gras. Es roch nicht so süß wie das Gras von dem tüchtigen Schuldealer.

Frau Sommer äußerte, dass ich nicht nur kriminell sei, sondern auch ernsthaft gestört.

Mama entschuldigte sich und meinte, dass wir eine sehr schwierige Zeit durchleben. Als ich das hörte, riss ich ein Bündel Gras aus dem furchtbar perfekt anmutenden Rasen und warf es Frau Sommer vor die Füße. Ich sagte, dass sie doch mal ihren Sohn fragen soll, wie er zu dem Gras in seiner Schultasche gekommen sei.

Aaron machte das, was er besonders gut konnte. Auf dem Friedhof schaute er aus der Menschenmenge zu mir herab, in der Schule überspannte er den Bogen und wurde von mir zum Drogendealer gekürt. Hier, in seinem vertrauten Zuhause, schien er gelernt zu haben und nahm wieder die Beobachtungsrolle ein. Er beobachtete das Treiben von seinem Zimmer aus. Als seine Mutter ihn nach unten zitierte, würdigte er uns keines Blickes. Meine Mutter fragte, was ihn „geritten" habe, mich in einer Schultoilette zu bedrängen. Aaron schaute zu Boden und konnte keine Worte für das finden, was er zu sagen vermochte.

Er stotterte und würgte, vermutlich wollte er dabei weinen. Ich mischte mich ein und erläuterte, dass ich dabei war die Toilette zu verlassen, und er und ein Fettsack mich fertig machen wollten. Frau Sommers piepsiger kleiner Mund stand wie ein kleines Vogelhäuschen offen, als Aaron nickte und Tränen vergoss.

Ihr kleines, piepsiges Vogelhäuschen blieb offen, während kein Ton aus ihm sprudeln wollte. Mama fragte wieder nach dem „Warum", weil sie ganz und gar meine Mama spielte. Aaron konnte ein weinerisches „Weiß nicht" hervorbringen, während er den Kopf wie ein geprügelter Hund zu Boden streckte. Im Anschluss setzte er sich auf die sündhaft teure Marmortreppe.

Aus dem kleinen niedlichen Vogelhäuschen ertönte, dass heute Abend der „Familienrat" tagen müsse. Aaron verschränkte den Kopf zwischen seinen Beinen und hielt sich mit einem Arm am Treppengeländer fest. Dann fragte meine Mama, was wir alle tun könnten, damit solch eine Situation nicht mehr eintrete. Aaron piepste, dass ihm alles so unendlich leid täte. Keiner konnte Mamas Frage beantworten.

Seine piepsige Mutter forderte eine Entschuldigung von Aaron. Dieser schüttelte mit dem Kopf und erklärte, dass er das nicht machen könne. Das Vogelhäuschen bekam ganz große Augen und war ebenfalls an dem Punkt angelangt, ein „Warum" einzufordern. Ich kniete mich vor Aaron nieder und wollte ihn ermutigen, zu sich selbst zu finden. Aaron schob den Kopf zwischen den Beinen hervor und fragte mich, warum ich ihm das antun müsse. Ich legte ihm die Hand auf die Schulter und erklärte, dass ich das Gras sehr gerne mit der „Blüte" bezahlt hätte, die einmal vom Wind verweht worden war.

Mama und das Vogelhäuschen waren nicht gerade aus dem Häuschen, als Aaron erneut seine wahre Identität auslebte.

Als er einen blauen Schlauch aus der Rückseite seiner Hose holte, war ich überrascht, dass er die Farbe gewechselt hatte. In der Schule bevorzugte er Rot, im privaten Bereich war er eher der blaue Typ. Dann überlegte ich, dass es auch daran liegen könnte, dass der rote Schlauch beschlagnahmt

worden war. Vielleicht würde dieser nun im Büro des Schulleiters ein neues Opfer suchen.
Für weitere Gedanken blieb auch keine Zeit. Aaron trat mir ins Gesicht, sodass ich leider nicht auf dem Rasen landete, sondern auf dem harten Steinweg, der zu dem Zeitpunkt noch so unschuldig gewesen war.

Er kannte sich bestens aus und hatte den Schlauch schnell um meinen Hals geschlungen. Innerhalb weniger Sekunden konnte ich die Kraft dieses Ungeheuers am eigenen Leib spüren. Es war eine unheimliche Situation, denn mir wurde wieder bewusst, dass Papa keine Chance gehabt hat.
Ich breitete meine Arme aus und bemerkte, dass meine Luft langsam weniger wurde. Ich konzentrierte mich auf Aarons Kopf. Er strengte sich an und gab alles, denn sein Kopf wurde knallrot, während kleine Schweißperlen bestätigten, dass er hart arbeitete.
Ich schmunzelte Aaron entgegen, weil ich seinen Arbeitseifer bemerkenswert fand. Ich wusste schließlich nicht mehr, was ich noch anschaute, als Aaron von mir abließ. Das Vogelhäuschen hatte seinen Spatz wieder eingefangen.
Es piepste und hatte dabei sogar etwas Zwitschern gelernt. Meine Mutter kniete auf dem Boden und schien unter Schock zu stehen. Sie redete und weinte. Ich konnte sie nicht verstehen.
Aaron wollte sich wohl im Vogelhäuschen vergraben, da er die Arme eng darum geschlungen hatte. Zuerst hörte ich Aarons lächerliches

Schluchzen, bevor Mamas Schrei sein Schluchzen übertönte, und sie mich aufrichtete. Mir wurde schwindelig.

Mama schrie, was für ein kranker Kerl er sei. Sie zeigte mit dem Finger auf das Vogelpärchen, das eng umschlungen zusammen kauerte, wobei damit sicherlich der Vogel Aaron gemeint war.

Mama hatte dreimal auf ihr Handy gedrückt, als ich nach diesem griff und sie bat, damit aufzuhören. Sie sagte, dass sie die Polizei holen werde und nahm das Handy wieder an sich.

Der arme Aaron. Er lag in den Armen seiner Vogelmutter. Das Leben schien ihn auskotzen zu wollen. Ich versuchte alle darüber aufzuklären, dass Aaron nichts dafür könne. Nun schien selbst Frau Sommer, die aus ihrer Vogelrolle zu schlüpfen versuchte, nicht zu glauben, was ich von mir gab.

Ich meinte, dass Aaron nichts dafür könne, dass Andy Aarons Gestalt angenommen hat. Mama zögerte keinen Augenblick und verlangte über ihr Handy die Polizei. Der Rettungsdienst reichte ihr hier nicht mehr aus.

Es ging sehr schnell, da Mama äußerst überzeugend über ihr Handy rüber kam. Die Polizei, die diesmal auftauchte, war neu. Schon wieder ein Dicker, doch diesmal hatte er eine Uniform an. Sein Kollege war beinahe zwei Meter groß und hätte in der Serie „Sexiest Polizist" den siebten Platz belegt. Ich konnte mir nicht vorstellen, dass die beiden Typen immer zusammen arbeiteten. Aus diesem Grund fragte ich den Dicken, ob die beiden sich überhaupt ausstehen könnten, oder ob wieder Gefahr in Verzug sei.

Mittlerweile war ich es gewohnt, keine Antworten von Polizisten zu erhalten, doch hier hatte ich mir mehr erhofft. Da wir keinen guten Start erwischten, verlief die weitere Kommunikation äußerst einseitig. Der Dicke meinte, dass ich nur erzählen solle, was vorgefallen sei und er sich sonst für keine anderen Details interessiere. Er machte auf mich, trotz seiner angespannten Garderobe, einen selbstbewussten Eindruck. Dies hatte mich auf eine bestimmte Art und Weise beeindruckt. Er sollte nicht mehr von mir ausgefragt werden.

Mama stand direkt neben uns und ergänzte ein paar Dinge, die ich ausgelassen hatte. Der große Hengst hatte sofort Kontrolle über die Situation und brachte das Vogelhäuschen zum Einsturz. Heraus fielen ein kleiner Piepmatz und ein Aaron.

Aaron musste sogar mit aufs Revier und sollte hinten im Auto Platz nehmen. Ich hätte ihm Handschellen gewünscht, doch darauf wurde verzichtet. Der Krankenwagen erschien mit Blaulicht, doch er blieb dabei stumm. Der Krankenwagenherr schaute meinen Hals an und meinte, dass das „übel" sei. Mama musste wieder weinen. Langsam begann sie mich damit zu nerven. Ich bekam etwas auf den Hals gesprüht und eine Binde umgelegt, sodass auch dieser Fall als „abgehakt" eingetragen werden konnte.

Frau Sommer eilte auf die Straße, als die beiden ungleichen Polizisten losfahren wollten. Zuvor erklärten sie Aarons Mama, dass sie zum Revier Süd nachkommen müsse.
Vermutlich hatten Aarons Mama und ich die gleiche Hoffnung, als sich wieder einmal ein Polizeiwagen in Bewegung setzte. Wir warteten beide auf Aarons Gesicht, das im Rückfenster auftauchen sollte. Aaron war aber schon immer anders gewesen. Er saß ohne Handschellen auf der Rücksitzbank eines Streifenwagens und hatte wieder einmal die Chance vertan zu zeigen, dass er mehr war als ein kleiner, reicher Piepmatz.
Mama tat etwas Unübliches und sagte, dass es ihr schwer falle, doch sie müsse mit Frau Sommer reden. Sie streichelte mir über den Kopf und meinte, dass sie das Gespräch aber ohne mich führen müsse. Ich entschied mich nicht zu widersprechen und spielte den früheren Aaron, der aus sicherer Distanz die Kontrolle behalten wollte. Leider lag mir diese Rolle nicht besonders und ich konnte das gut dreiminütige Gespräch kaum genießen, weil ich kein einziges Wort verstand.
Als wir uns trennen wollten und Frau Sommer wohl zur Polizei, und Mama mit mir nach Hause fahren sollte, piepste Aarons Mutter, dass sie das für eine Möglichkeit halte. Mama nickte, doch für einen Händedruck war es noch zu früh gewesen. Wir verließen das nicht ganz billige Grundstück durch den Hintereingang.

Mama hielt an der Apotheke, die eigentlich schon schließen wollte, um mir Heilcreme zu besorgen. In der Tat, Andy hinterließ einen deutlichen Abdruck, als er seine Attacke startete. Die Überlegung war dementsprechend nicht grundsätzlich falsch. Als sie aus der Apotheke zurückkehrte, versprach Mama, dass sie mir erlauben werde, morgen zu Hause zu bleiben. Ich fragte nach dem Anlass dafür.
Sie sagte, dass ich mich jetzt eigentlich freuen müsse. Ich erwiderte, dass ich mich aber nicht freue. Sie äußerte, dass das also bedeute, dass ich morgen in die Schule gehen werde. Ich nickte. Sie erzählte, dass sie froh gewesen wäre, wenn ihre Mutter ihr damals erlaubt hätte, zu Hause zu bleiben. Also fragte ich, ob sie mal geschwänzt habe. Sie enttäuschte mich, weil sie betonte, mehrmals geschwänzt zu haben. Vor allem als sie 16 war, ließ sie manchmal die Schule sausen. Ich wollte wissen, was Opa dazu sagte.
Sie schilderte, dass sie schon öfter mal von ihm deswegen einen „mitbekommen" habe. Ich fragte, ob ein listiger Schlauch in diesen Situationen auch einen Auftritt gehabt hatte. Sie sagte, dass der Schlauch ein Stock gewesen sei. Ich lächelte und sagte, dass wir dann wohl beide Opfer seien. Mama fiel dazu nichts mehr ein.

Ich verspürte mächtigen Hunger, als die Rückkehr zu Hause auch gleichzeitig bedeutete, den Tag beenden zu können. Mama schob zwei Pizzen in den Backofen und erklärte, dass die Pizzen 25 Minuten im Ofen benötigen. Um mein

Hungergefühl etwas zu unterdrücken, schaltete ich den Fernseher an und zappte durchs Programm. Leider konnte mich der Inhalt nicht befriedigen. Ich ließ den Fernseher alleine vor sich hinlaufen, während ich mich nach oben verdünnisierte.

In meinem Zimmer wieder ankommend, missfiel mir die neue Tapete, die wir jüngst angebracht hatten. Das Unschuldsweiß konnte nicht darüber hinwegtäuschen, dass ich eigentlich ein Grau verdient gehabt hätte. Ich würde Mama fragen müssen, ob ich die Tapete morgen überstreichen dürfe. Eine Abreißaktion sollte aber nicht nötig sein. Ich saß auf meinem Schreibtischstuhl und beobachtete die Tapete so lange, bis mich die unschuldigen Fasern zu durchbohren schienen. Ich starrte sie kräftig an, weil ich versuchte, diesem unschuldigen Lächeln zu widerstehen.

Jede Faser schien zum Leben erweckt zu werden und setzte sich in Bewegung. Sie tanzten hin und her, bis sie begannen sich gegenseitig zu verbinden und wie Asche von der Wand zu regnen. Es war wunderschön.

Sie ließen sich sanft auf meinen Ohren und meinem Körper nieder. Ich hörte Mama von unten rufen, dass das Essen auf dem Tisch stände, doch ich ließ mich weiter einhüllen, bis keine Aschefaser mehr fallen wollte.

Ich begutachtete die Wand, die durch das Abfallen der Aschefasern einen grauen Untergrund offenbarte. Ich erschrak, dass es nicht der Wille der Tapete war, ihre Jungfräulichkeit zu verlieren,

sondern dass ich in der rechten Hand ein Messer hielt, an dessen Spitze kleine Fasern hafteten.
Ich warf das Messer unter das Bett und legte mich auf selbiges. Von hier aus betrachtete ich den grauen Untergrund und hatte das erreicht, was ich erreichen wollte. Mein Zimmer passte nun besser zu mir, und ich war endlich derjenige geworden, der ich schon seit geraumer Zeit werden wollte. An den Ohren, am Oberkörper, in den Haaren und an den Beinen. Ich war ein Prototyp der kleinen Aschemenschen geworden. Vielleicht sollte ich jetzt die Chance bekommen, wieder ein Bewohner der kleinen Aschegemeinde zu werden.

Mama schien die Pizza nicht mehr genießen zu können, als ich die Treppe in meiner neuen Beschaffenheit nach unten stolzierte und mich an den Tisch setzte. Sie wusste, dass meine Lieblingspizza „Pizza Salami" war. Die mir vorliegende Pizza verdeutlichte mir, dass sie an mich dachte, als sie einkaufte.
Ich wollte die ersten Scheiben in meinen Rachen schieben, als Mama mich ohne Vorwarnung an der Schulter packte und sagte, dass sie das nicht lustig fände. Mama hoffte wohl, nicht das vorzufinden, was sich wenig später als die Wahrheit für sie entpuppen sollte.
Sie öffnete die Tür wie ein Panzerknacker, denn sie riss sie auf, sodass die Tür gegen die Wand flog und uns wieder entgegen kam. Auf dem Boden lagen immer noch Aschefasern, die ich noch nicht beseitigt hatte. Ich sagte, dass ich mich auch

erschrocken habe. Dann formulierte ich, dass dieses Grau das neue Weiß sei.

Mama war wirklich sauer. Sie entgegnete, dass es keine neue Tapete geben werde und dass ich es jetzt zu bunt getrieben habe. Ich konnte ihre Aussage nicht unterstreichen, weil alles was ich vorfand, grau war. Sie ließ mich alleine im Zimmer stehen und meinte, dass sie mich heute nicht mehr sehen wolle. Danach brachte sie mir die Heilcreme und meine Pizza nach oben, die mittlerweile einen kalten Boden bekommen hatte. Sie sagte, dass sie etwas Zeit für sich brauche und ließ die Tür in einer eleganteren Art und Weise ins Schloss fallen als sie es beim Betreten getan hatte.

Ich hatte eine Idee, wie ich es wieder gut machen konnte. Zunächst klebte ich einige der übrig gebliebenen Aschefasern an meinen Körper, um mehr und mehr ein Aschekind zu werden und begann mit der Arbeit.

Nach achtundzwanzig Minuten biss ich genüsslich in die Pizza, während ich beim Kauen bemerkte, dass ein paar kleine Aschefasern in meinem Mund gelandet waren, was mich aber nicht irritierte.

Ich öffnete langsam die Tür und schlich mich nach unten, wo Mama vor dem Fernseher saß. Ich sagte, dass ich wisse, dass ich sie in Ruhe lassen soll. Bekräftigte danach jedoch, dass ich eine Überraschung für sie vorbereitet habe. Sie genehmigte sich einen Schluck von dem Wein, der auf dem Tisch stand und sagte, dass ich es ihr nicht übel nehmen soll, dass sie etwas Angst vor meinen Überraschungen habe. Ich sagte, dass es diesmal aber etwas wirklich Tolles sei. Sie nahm das Weinglas mit nach oben und ich präsentierte ihr voller Stolz mein Kunstwerk. Ich erklärte Mama, dass sie vorhin zu mir sagte, dass ich es zu bunt getrieben hätte. Ich ergänzte, dass ich das Gefühl hatte, dass noch einiges fehle. Mama nahm einen kräftigen Schluck aus dem Weinglas, während sie mir zuhörte. Sie konnte Andy sehen, den ich mit einem roten Wachsmalstift auf der rechten Seite der grau gewordenen Tapete platziert hatte. Ich ging zur Mitte der Wand und erklärte, dass ich das sei und als Aschemensch wiedergeboren wurde. Ich wollte nicht gut zeichnen, daher war ich nur als Strichmännchen in schwarz sichtbar. Immerhin hatte ich mir ein paar Aschefasern aufgeklebt, sodass ich als Schwarzweißbild rüberkam.

Zum Schluss wendete ich mich der linken Seite zu, die Papa zeigen sollte, der einen listigen, goldfarbenen Schlauch in der Hand hält. Ich sagte, dass Papa dabei war, den Schlauch zu kontrollieren. Ich zeigte mit dem Zeigefinger auf das Herz des Schlauchs und fügte hinzu, dass es nicht leicht für Papa sei, weil der Schlauch über ein großes Herz verfüge.

Ich hielt mein Ohr an das Herz und sagte, dass es jetzt still sei, doch man es zu manchen Tageszeiten hören könne.

Mama schien zu Tränen gerührt, da ihre kleinen Krokodiltränen die Wangen runter liefen. Dabei hielt Mama vor der neu gestalteten Wand inne und erklärte ihre Gedanken nicht. Ich hätte Mama keine große künstlerische Ader zugetraut, doch was sie dann tat, war phänomenal.

Ohne Vorankündigung schmiss sie ihr Weinglas an die Wand und ging. Das Glas traf zuerst meinen schwarzen Strichkopf. Von dort aus verteilte sich der edle Tropfen zu allen Seiten. Mama hatte eine neue Farbenwelt zum Leben erweckt, die ich nicht besser hätte erschaffen können.

Es schien alles mit Leben erfüllt und einen Sinn zu ergeben. Durch das Herz des listigen Schlauchs floss wieder Blut, welches bei Sommers Schlauch schon eingetrocknet war. Mama hatte recht, es war von mir noch nicht zu Ende gezeichnet worden. Ich riss meine Tür auf und schrie hinunter, dass sie es jetzt zu bunt getrieben habe und klatschte dabei in die Hände.

Anstelle einer Antwort ertönte ein Knall. Mama schlug die Haustür zu, als sie das Haus verließ und mit dem Auto wegfuhr.

Da es schon spät war und das Haus normalerweise um diese Uhrzeit schlief, zog ich meinen Schlafanzug an und putzte mir die Zähne. Dabei fielen erneut kleine Aschefasern von meinem Haupt in das Spülbecken und vermischten sich mit der Zahncreme. Schon bald konnte ich zwischen den beiden Sachen nicht mehr unterscheiden. Ich löschte das Licht und schloss die Tür. Dann schaltete ich den Wecker über mein Handy ein und legte mich hin. Dabei merkte ich nicht, dass beim Träumen mehr und mehr Aschefasern von mir abfielen und ich daher auch nicht verhindern konnte, dass ich wieder ein realer Mensch wurde.

Diesmal wachte ich nicht vor dem Wecker auf. Normalerweise besaß ich eine innere Uhr, die mir in Echtzeit signalisierte, dass das Träumen vorbei sein musste.
Ich pustete ein paar Fasern, die sich auf meinen Lippen festhielten, zur Seite und schlenderte ins Bad, um alle Beweisspuren des gestrigen Abends von meinem Körper zu wischen.
Ich bereitete mich anschließend auf die Schule vor und packte den Ranzen. In meinem Zimmer roch es nach abgestandenem Wein. Ich öffnete das Fenster, um die Ausdünstungen hinaus zu lassen. Als ich nach unten schlenderte, wartete Mama nicht auf mich, da sie tief und fest zu schlafen schien. Ich ließ sie schlummern und schmierte mir in Eigenregie Erdnusscreme auf zwei Scheiben Sandwichtoast. Diese umwickelte ich mit Frischhaltefolie, so wie es Mama auch immer getan hatte. Als die Zeit zum Gehen gekommen war, ließ ich die beiden Brote in die Vordertasche meines Ranzens gleiten und verließ das Haus.

Der Bus war wie immer äußerst pünktlich. Ich zeigte dem Busfahrer meine Karte und nahm hinten Platz, weil es um diese Uhrzeit noch keine reservierten Sitzplätze gab.
Da der Bus immer einen Umweg fuhr, bevor er die meisten Insassen an meiner Schule absetzte, stieg ich ein paar Stationen vorher aus. Ich wollte noch

ein Treffen wahrnehmen und dies konnte nur realisiert werden, indem ich einige Meter zu Fuß zurücklegte.

Als ich an der Schule eintraf, wartete der geschäftstüchtige Kleinhändler am besagten Treffpunkt. Er umarmte mich und fragte, ob ich es hinbekommen habe. Ich entschuldigte mich und erzählte ihm von dem Vorfall mit Aaron und dass der Hummer Andy ihm das Gras zugesteckt hat. Er meinte, dass das die mit Abstand krankste Geschichte gewesen sei, die er je gehört habe. Er betonte auch, dass ich ein ziemlich verrückter Mistkerl sei, er aber auf solche Leute wie mich baue. Er war wohl wieder hinter der Schule tätig gewesen, da er mir ein neues Tütchen reichte.

Er sagte, dass ich es diesmal nicht vermasseln soll. Er versicherte, dass es ab sofort keine Gratisproben mehr geben werde. Ich sagte, dass ich es die Tage ausprobiere. Hinter mir kam ein 10 Klässler angeschlendert. Der Geschäftsmann sagte, dass er sich jetzt um andere Kunden kümmern müsse. Er schob mich zur Seite und umarmte den nächsten Kunden. Hier wurde mir wieder bewusst, dass er wirklich etwas von seinem Handwerk verstand.

Da die ersten beiden Stunden des heutigen Tages mit Englisch verbracht werden sollten, wunderte es mich nicht, dass unsere gewissenhafte Klassenlehrerin unsere Aufsätze innerhalb eines Tages korrigiert hatte.

Sie schien kein eigenes Leben bei ihr zu Hause zu führen, vielleicht tat ich ihr damit aber auch unrecht. Sie begann die Stunde diesmal mit einer besonderen Ankündigung. Die Verwunderung der Klasse war äußerst gering, dass Aaron nicht mehr Schüler dieser Schule war. So konnte doch jeder Follower Aarons Posts verfolgen und diese mit anderen sharen. Aaron war ein sehr mitteilungsbedürftiger Mensch. Er teilte viele seiner absurden Gedanken mit dem Internet.

Die Klasse musterte mich und meinen Hals, während unsere Klassenlehrerin sagte, dass ausschließlich sie jetzt angeschaut werden soll. Im Anschluss wollte niemand eine Frage zu Aarons derzeitigem Befinden stellen. So teilte unsere Englischlehrerin, die bekanntermaßen auch unsere Klassenlehrerin war, unsere Aufsätze aus. Alle Schüler erhielten ihre Aufsätze, nur ich musste mich noch etwas gedulden, da ich zu einem persönlichen Gespräch unter vier Augen vor die Tür gebeten wurde.

Meine Klassenlehrerin stellte zwei Stühle gegenüber, so dass wir direkten Gesprächskontakt hatten. Sie eröffnete mir, dass sie an meinem Schriftbild und meiner Rechtschreibung nichts auszusetzen habe. Sie atmete einmal ein und aus, bevor sie mir offenbarte, dass sie sich wirklich ernsthafte Sorgen um mich mache.

Sie meinte, einen Vater auf diese Art und Weise zu verlieren, sei sehr tragisch und sie wolle mich mit meinem Kummer nicht alleine lassen. Ihre Augen füllten sich dabei mit Tränen. Als ich das bemerkte, nahm ich sie in den Arm und sagte, dass sie sich beruhigen könne. Sie tupfte sich mit einem

Taschentauch ihre Tränen ab und sagte, dass da noch die Sache mit Aaron sei.

Ich sagte, dass das geklärt wurde. Sie entgegnete mir in einem mittlerweile gefassterem Tonfall, dass sie das anders sehe. Ich teilte ihr mit, dass Mama und ich mit der Polizei geredet hatten und dass Aaron sich nun von mir fernhalten müsse. Meine Lehrerin nickte und ergänzte, dass sie gestern mit Frau Sommer telefoniert habe. Sie erklärte, dass Aarons Mama sich dazu entschlossen habe, ihn auf eine andere Schule zu schicken.

Ich wollte meiner Lehrerin nicht glauben. Ich erörterte, dass ich gedacht habe, dass der Schulleiter ihm verboten hätte, die Schule hier weiterhin zu besuchen. Meine Klassenlehrerin entgegnete, dass ein kleines Tütchen „Gras" kein Anlass dafür sei, ihn von einer Bildungseinrichtung wie dieser fernzuhalten. Dann reichte sie mir den korrigierten Aufsatz, den sie mit „good" bewertet hatte.

Als sich die Klassentür wieder öffnete, sahen wir ein lustiges Schauspiel. Papierflieger flogen herum und Papierkugeln, mit denen eben gerade noch Fußball gespielt worden war, lagen im Strafraum vor dem Lehrerpult und warteten sehnsüchtig auf einen Strafstoß. Dieser sollte nicht lange auf sich warten lassen, da unsere Klassenlehrerin durch die Klasse brüllte, dass jetzt sofort alles sauber gemacht werden soll. Manche lachten und schnappten sich dennoch einen Besen. Ich folgte nicht den Worten des tüchtigen Händlers und ging erst einmal „Eine" durchziehen.

Das Zubereiten fiel mir nicht leicht. Vor allem, wenn man wie ich auf einer Kloschüssel hing und dabei auch noch blockierende Wände um sich herum hatte. Als ich die fertige Portion mit dem mitgebrachten Feuerzeug aus Mamas Küchenschublade anfeuerte und daran zog, wurde mir erst einmal schlecht.
Das Gras schien nicht natürlich zu sein, denn es schmeckte genauso wie es roch. Ab dem dritten Zug wurde es besser und ich merkte, dass es mir gemütlich auf dem Klo vorkam. Ich drückte die halb gerauchte Zigarette aus und verstaute sie wieder in meiner Tasche. Dann schlenderte ich wieder nach oben und machte mich über die Uhr lustig, weil der Sekundenzeiger nicht still stehen wollte. Er drehte sich immer wieder im Kreis, sodass ich ihm mit dem Kopf folgen musste. Als ich die Klasse wieder betrat, war wieder Ruhe eingekehrt und ich konnte meine Korrektur beginnen.
Meine Klassenlehrerin schaute auf die Uhr und meinte, dass das jetzt vierundzwanzig Minuten gewesen seien. Ich nickte und zeigte ihr den Mittelfinger als sie sich umdrehte, um vermutlich mein Verhalten im Klassenbuch zu vermerken.
Die Buchstaben meines Aufsatzes hüpften auf und ab. Sie sprangen ineinander und verformten sich. Sie waren wahre Turngenies. Als ich bemerkte, was sie werden wollten, bekam ich große Augen und

klopfte mit der Faust auf das Blatt, um es zu verhindern.
Meine Lehrerin erhob sich und forderte mich zum Weiterarbeiten auf. Leider konnte auch ich nicht verhindern, dass sich die mir vorliegenden Buchstaben zu einem roten, listigen Schlauch entwickelten. Ich konnte ihn ebenfalls nicht davon abhalten, dass er auf meinem Aufsatz rumhüpfte und mit seinem Schwänzchen wackelte. Er war aber zu weit gegangen, als er mir dabei auch noch die Zunge rausstreckte.

Ich hatte keinen Bock mehr, sollten die sich doch alleine verarschen lassen. Ich gab vor, starke Kopfschmerzen zu haben, um nach Hause gehen zu können. Ich feuerte den Aufsatz in meinen Ranzen. Der Schlauch hatte sich wieder zu lesbaren Buchstaben verwandelt. Meine Klassenlehrerin fragte, ob meine Mutter heute Nachmittag zu Hause sei. Ich sagte, dass sie jetzt gleich anrufen könne, weil Mama immer gerne mit Lehrern telefoniere. Sie bestand darauf mir mitzuteilen, dass sie sich nicht beschweren wolle, nur einmal mit ihr reden müsse. Ich sagte, dass ich es nicht mehr hören könne, dass jeder immer alles wissen, und jeder immer reden wolle.
Schließlich riet ich meiner Lehrerin, dass sie einfach mal den Mund halten soll. Sie schien noch Redebedarf zu haben, doch sie hatte keinen Einfluss mehr auf mich.

Ich verließ das Klassenzimmer und joggte durch das Gebäude, um schnellstmöglich die Anstalt verlassen zu können.

Draußen zündete ich mir die halb fertig geraucht Zigarette an und zog an ihr. Dabei grüßte ich mit der anderen Hand den Schulleiter, der mir äußerst interessiert beim Rauchen zuschaute. Ohne den Kerl weiter zu beachten, schlenderte ich die Straße hinunter, um die Bushaltestelle zu erreichen.
Auf halber Strecke sah ich eine alte Oma, die mit ihrem Gehwagen die Straße überqueren wollte. Obwohl sie vor dem Zebrastreifen wartete, fuhren die Autos an ihr vorbei, ohne sie dabei zu beachten. Ich musste laut lachen und mir dabei den Bauch halten. Als ich näher kam, ruderte die Alte mit einem Stock in meine Richtung, da sie mein Verhalten wohl unpassend fand. Schließlich schmiss die gebrechliche Alte sogar den Stock in meine Richtung. Weil sie so alt und gebrechlich war, flog er keine zwei Meter weit und landete auf dem Bürgersteig direkt neben ihr. Sie schien selbst über ihr Handeln überrascht zu sein, während ich mich vor Lachen kaum noch auf den Beinen halten konnte. Ich rief der Alten zu, dass es schon dumm ohne Stock sei.
Sie schüttelte mit dem Kopf und wartete immer noch auf eine Chance, passieren zu dürfen. Ich fragte, was es ihr wert sei, über die Straße zu kommen. Als sie mir nicht antwortete, eröffnete ich ihr meine Sicht der Dinge und erzählte ihr von

meinen Plänen. Danach schien sie verstanden zu haben und stimmte meinem Vorhaben zu.

Ich nahm den Stock und stellte mich auf den Zebrastreifen. Somit hielt ich zunächst die Autos auf und spielte gleichzeitig Einweiser. Ich wedelte mit dem Stock und führte damit die Alte auf den richtigen Weg. Der Autofahrer, der das Glück hatte, in der vordersten Reihe warten zu müssen, lachte sich wie ich, schlapp. Er zeigte mir seinen Daumen, der nach oben zeigte. Da er es so cool fand, zeigte ich dem Spassten als Antwort den Mittelfinger.

Das Ömchen konnte relativ schnell von mir über die Straße gelotst werden. Als wir beide auf der anderen Seite standen, lachte ich so sehr, dass ich die Alte einfach mal in den Arm nehmen musste. Sie schien sehr überrascht und meinte, dass es jetzt reiche. Dabei blieb sie aber äußerst höflich und anständig, das musste ich ihr zugutehalten. Ich sagte, dass ich jetzt gerne meinen Anteil bekäme. Sie holte ihr Portmonee aus der Manteltasche hervor und fragte, ob ich sie nun ausrauben wolle. Ich fragte, ob ich wie ein Tier aussähe.

Sie meinte, dass ich jemand sei, dem sie alles zutraue. Trotzdem holte sie daraufhin einen 5€ Schein aus dem Portmonee und reichte ihn mir. Sie sagte, dass ich mir aber keine Zigaretten davon kaufen soll. Ich musste laut los lachen und auch die Alte rang sich ein Schmunzeln ab. Ich bedankte mich für das gelungene Geschäft und sagte, dass man sich vielleicht irgendwann mal wieder sehe.

Das Ömchen meinte, dass sie hoffe, dass das nie mehr passiere. Ich klopfte ihr auf die Schulter und sagte, dass sie keine Ahnung habe, wer vor ihr stände.

Die neuen Anzeigetafeln der örtlichen Busgesellschaft informierten mich darüber, dass ich noch zwölf Minuten auf den nächsten Bus nach Hause warten musste. So ließ ich mich in dem Wartehäuschen nieder, während ich einige Frauen beim Einkaufen beobachtete. Ihre Einkaufskörbe waren genauso wie ihre Ärsche, gut gefüllt.
Es schmerzte plötzlich heftig an meiner Fingerkuppe, denn der glühende Spaß war plötzlich zu Ende. Ich schnippte die letzten Millimeter des kostbaren Grases in Richtung der Bushaltespur, die vor mir lag. Der Himmel hatte sich schon seit mehreren Minuten verdunkelt, doch erst jetzt spuckte er kleine Regentropfen aus, die den warmen Asphalt abkühlten. Die Tropfen tanzten im Kreis und wurden teilweise von noch dickeren Brüdern abgelöst. Irgendwann plätscherte vom Himmel eine ganze Kolonne hungriger Wassertropfen, die das Dach über mir vibrieren ließen. Ich stellte mich mitten in den Regen und beschloss, dass das nicht der Regen sein soll, der mich nach Hause bringen wird.

Ich zog aus meinem nassen Hemd den 5€ Schein der Alten und wechselte die Straßenseite. Hier stand ich nun und wusste, dass das Geld für eine einfache Fahrt reichen wird. Ein Rückfahrticket war ausgeschlossen. Als ich dem Fahrer den Geldschein reichte und er mir 0,20€ zurück gab, war die Entscheidung bereits gefallen. Zusätzlich war mir klar, dass es auch auf dieser Linie keine reservierten Sitzplätze geben konnte und schon gar nicht zu dieser Uhrzeit.

Mir war nicht klar, auf was ich mich eingelassen hatte, als ich mich in die letzte Sitzreihe setzte. Die nächste Haltestelle trug den Namen „Vergangenheit".

Anmerkung des Autors

Dies ist mein erster Roman.
Zunächst möchte ich meiner Mutter danken. Dass du das Werk am Ende auswendig zu kennen schienst, ist unglaublich. Ich bedanke mich bei Barbara für eine lange Evaluation, insbesondere für die Charakterstudie und deine Erwartungen an eine mögliche Fortsetzung.
In diesem Werk steckt Arbeit, die mich einige Stunden philosophieren- und teilweise auch verzweifeln ließ.
Ich freue mich, dass Sie, liebe Leserinnen und Leser, sich in die Welt des namenlosen, 15 jährigen Jungen wagten und mein Erstlingswerk beendeten.
Wenn Sie Ihre Gedanken sortiert haben, würde ich gerne Ihre Meinung hören.
Für Lob und Tadel wäre ich sehr dankbar. Hierfür erreichen Sie mich auch persönlich auf Facebook oder natürlich per E-Mail.

Herzlichen Dank!
Sebastian Pillkowsky